KB118226

멧돼지가
살던
별

김선정 장편소설

멧돼지가 살던 별

문학동네

시
작

전철이 곧 도착한다는 안내 방송이 흘러나왔다. 구름도 없이
쨍한 하늘 아래로 보일 듯 말 듯 한 가랑눈이 하늘거렸다. 얇은
교복 사이로 들어오는 찬 공기가 시리다.

'이사 간다고 학교에 전화했다. 오늘 일찍 가서 사물함 물건만
챙겨서 돌아와. 누구랑 인사할 생각도 말고.'

아침에 나가며 아빠가 하던 말이 떠올랐다. 이 겨울이 지나면
유림은 학교에서 사라진 아이가 되어 있을 것이다. 물론 지금도
절반쯤은 사라져 있지만.

마스크 안에서 다시 한번 입술을 핥아 보았다. 입술이 퉁퉁 부
어서 잘 움직여지지 않았다. 아물지 않은 상처에서는 빨 때마다
조금씩 피가 흘러나온다. 짜고 비리다. 사람들은 추위 속에서도

열심히 휴대폰을 들여다보고 웃고 이야기하고 있다. 유림은 무심코 웃는 사람의 얼굴을 쳐다본다. 시선이 마주친 상대방이 기분이 나쁘다는 듯 눈길을 돌린다. 얼른 시선을 떨구어 다시 텅 빈 철로를 바라보았다.

"어! 어?"

뭔가를 알아채기도 전에 목소리가 먼저 나왔다. 마스크 속에서만 울려 아무에게도 닿지 못하는 목소리가 유림의 귀에만 들려왔다. 철로에, 무언가 있었다. 무언가 커다란 것, 본 적이 없는 것이 서 있었다. 전철 들어오는 소리에 고개를 든 사람들도 소리를 지르기 시작했다.

"저게 뭐야?"

"멧돼지다. 멧돼지야!"

"저게 멧돼지라고? 저렇게 큰 게?"

멧돼지와, 멧돼지를 향해 달려오는 전철을 보고 사람들은 비명을 지르면서도 사진을 찍었다.

멧돼지는 컸다. 흰빛에 가까운 회색 털로 뒤덮인 몸. 짧지만 굳건하게 딛고 선 다리. 덩치에 비해 길고 작은 얼굴. 찢어진 눈. 겨울 아침, 햇빛 아래 반짝이는 가랑눈 속에서 멧돼지는 빛을 뿜어내고 있는 것 같았다. 전철은 속력을 줄이지 못하고 가까이 온다.

"그러다 죽어."

유림은 저도 모르게 소리치고 마스크를 벗었다. 멧돼지가 유림을 빤히 쳐다보았다.

"죽는다니까."

전철이 더 가까이 왔다. 철로를 향해 발을 내딛었다. 뒤에 있던 누군가가 다급하게 유림의 옷을 잡아챘다. 그 순간 유림은 분명히 보았다. 멧돼지가, 웃고 있었다. 얼굴로 웃었는지 몸으로 웃었는지, 아니면 그도 저도 아닌 빛이나 소리로 웃었는지 알 수 없었다. 하지만 멧돼지는 분명히 웃었다. 마스크를 벗은 얼굴, 입술은 터지고 볼 한쪽은 부어올라 균형을 잃은 이상한 얼굴, 그 얼굴을 보고 멧돼지는 웃었다. 그리고 날렵하게 몸을 돌려 전철역 뒤편의 산으로 뛰어 올라가 버렸다. 엄청난 덩치에 비해 믿을 수 없이 빠른 속도였다.

전철이 도착했다. 아무도 전철을 타지 않았다.

도심 멧돼지 출현이 이제 예삿일이 되었습니다. 오늘 오전 8시 서울에서 한 시간 남짓 떨어진 P시 전철역에 멧돼지가 나타나 시민들을 경악케 했습니다. 박○○ 기자가 보도합니다.

"경기도의 한 전철역, 멧돼지 한 마리가 유유히 내려와 철길에 서서 승객들을 바라봅니다. 역사에는 이미 전철이 진입하고 있는 상황. 멧돼지는 열차가 승강장으로 들어서기 직전 반대편 철길을 지나 홀쩍 산으로 달아납니다. 자칫 전철과 부딪쳐 대형 사고가 일어날 뻔한 아찔한 순간이었습니다……."

1장

겨울 마리산

집 뒤편은 마리산과 이어져 있다. 여름은 제법 숲이 무성해 볼
만한 산이다. 동네 할머니들은 손바닥만 한 땅이라도 있으면 무
엇이라도 심어서 먹을거리를 내곤 했다. 산에도 밭에도 꽃이 피
고 열매가 열리는 시절에는 이 동네도 제법 온기가 있었다.

하지만 겨울은 형편없다. 인적은 드물어지고 텃밭이고 산등성
이고 몰래 갖다 버린 쓰레기만 가득했다. 더러운 것들은 이상하
게도 하나가 생기면 악착같이 모여들었다. 등산 왔다가 누군가
버리고 간 막걸리 병이나 구겨진 담뱃갑이 하나 생기면 비슷한
쓰레기들이 하루도 채 되지 않아 무섭게 쌓였다. 오래 감지 않아
떡 지고 헝클어진 머리카락 같은 덤불들 사이에는 토사물이나
쓰레기가 어김없이 끼어 있었다. 한때는 화사한 꽃을 피웠을 개

나리나 찔레도 겨울에는 늘 그 신세일 수밖에 없었다.

유림은 동네의 겨울 풍경을 보면 슬퍼졌다. 더러운 곳을 지나갈 때마다 못 본 척하려고 애를 썼다.

"저긴 상호네 할머니 밭, 저긴 아랫집 미영이네 아줌마 밭, 저건 개나리, 저건 분홍 꽃이었지."

그저 지난날의 모습을 떠올리며 위로를 했다.

그렇게 더 올라가면 드디어 산다운 산이 나온다. 봄부터 가을까지는 약수 뜨러 오는 사람들 덕에 제법 붐빌 때도 있지만 겨울 동안은 대부분 텅 비어 있다. 텅 빈 산을 찾는 사람들은 없고 산은 빈 채 묵묵하다. 유림은 이런 산을 좋아했다. 이때만 온전히 자기 것인 산을 만날 수 있었다. 유림은 '나는 산이 좋다.'라고 생각하다 이내 피식 웃었다. 산이 좋다니, 말도 안 된다.

'올 곳이 여기밖에 없으니 좋아하기라도 해야지.'

사람들을 피할 수 있는 곳, 잠시라도 쉴 수 있는 곳은 여기 빈 산밖에 없다.

나무 밑에 앉아 얼굴을 만져 봤다. 송곳니 하나가 빠질 것처럼 흔들거렸다. 입이 잘 벌어지지 않는다. 침을 뱉으니 아직도 피가 섞여 나왔다. 어제저녁, 밥을 먹다가 김치를 상 밑으로 떨어뜨렸다. 하루 종일 글씨를 쓰다 보니 오른쪽 팔이 후들거려 젓가락질을 제대로 할 수 없었다. 떨어진 김치를 주우려고 몸을 구부렸을 때 얼굴로 주먹이 날아왔다. 채 삼키지 못한 밥알이 밥상 밑으로 후드득 떨어졌다. 수습할 새도 없이 주먹이 몇 대 더 날아왔다.

상을 치우고 밥상 밑에 떨어진 밥알이랑 김치 쪼가리들을 치웠다. 설거지하는 동안 얼굴이 부어오르기 시작했다. 아무 대비도 없이 맞으면 더 많이 붓는다. 무섭더라도 맞을 걸 알고 맞는 것이 덜 다친다.

"문제집 스무 장 풀어 놓고 명심보감 표시해 놓은 곳 다섯 장 베껴 써 놔. 저녁 먹기 전에 들어와서 검사할 거다."

아침에 아빠는 반질반질한 구두를 신고 나가며 말했다.

"네."

"대답 좀 크게 못 해! 밥을 그렇게 처먹었으면서 뭐가 부족해서 다 죽어 가는 소리야? 지난번처럼 답이나 베끼고 게으름 피우면 각오해."

"네."

유림은 최대한 큰 소리로 대답했다. 답을 보고 베낀 적 없다고 말하려다가 그만두었다. 어차피 아빠에게 그 사실이 중요한 것은 아닐 것이다.

아빠는 날마다 어디를 가서 무슨 일을 하는 것일까. 매일매일 깨끗하게 손질된 옷을 입고 잘 닦은 구두를 신고 도대체 어디로 가는 것일까. 아빠는 돈을 준 적이 없었다. 쌀과 김치 말고 집에 먹을 것은 없었다. 아빠는 숨 쉴 틈도 없는 계획표를 짜 주었고 조금이라도 못 지키면 유림을 때렸다. 언제부터 그렇게 살았는지 기억이 나지 않았다. 기억나지 않는 먼 옛날부터 그렇게 살았고 앞으로도 계속 그렇게 살겠지. 유림은 무엇을 잘못했기에 맞는지 알지 못하고 무엇을 잘해야 안 맞는지도 알지 못한다.

겨울나무 밑은 바삭바삭한 갈색 나뭇잎이 쌓여 있어 포근했다. 유림은 나뭇잎 위에 드러누웠다. 무언가 좋은 감정이 느껴지는 것 같아 붙잡아 보려고 했지만 어렴풋했던 마음은 그냥 사라져 버렸다. 그저 쉬고 싶고 잠을 푹 자고 싶었다. 나뭇잎 위는 아늑했고 아무도 없는 산은 좋았다.

겨울 하늘은 좋다. 두꺼운 이불 밑에 있는 기분이 든다. 특별히 밝지도 않고 특별히 어둡지도 않다.

2장
그 멧돼지의
사연

한때 이 산은 더 깊고 너른 산으로 연결되어 있었다. 골이 깊고 사람들이 별로 오지 않았다. 살고 있는 짐승들이 먹을 것 가지고 싸울 일도 없었다. 하지만 산은 자꾸 좁아지고 섬처럼 변해 갔다. 난폭한 길들이 산과 산을 끊어 놓았다. 아래 있던 마을이 위로 올라오고 산과 마을의 경계선은 점점 높아졌다. 먹을 것은 줄어들고 없던 밭이 생겨났다. 배가 고파서 밭을 헤집으면 사람들이 총을 들고 올라왔다.

지난 7월, 가뭄과 너위로 온 산이 메미르고 나뭇잎마저 비비 틀려 생기를 잃은 날, 산바는 새끼를 다 잃었다. 먹을 것을 찾으러 나선 지 하루가 채 지나지 않았을 때였다. 그때 자식을 잃지 않았더라면 산바는 이 산에 남지 않았을 것이다. 친구들은 먼 산으로 다 떠나갔다. 하지만 산바는 떠나지 못했다. 그는 새끼들이 죽던 날의 이야기를 제대로 전해 듣지 못했다. 가득했던 핏자국과 채 사라지지 않고 남아 있던 어린 새끼들의 더운 살냄새를 기억하고 있을 뿐이었다. 피와 살이 흩어진 곳에서 무언가 다른 냄새가 나지 않는지 아주 오래 코를 대 보았지만 여러 것이 너무 뒤섞여 있었다. 그리고 그날 이후, 산바는 아무것도 두려워하지 않게 되었다. 먹을 것을 찾으러 다니지도 않았다. 이제는 핏자국도 없어진 산 초입을 그저 어슬렁거렸다. 산바는 밤도 낮도 없이 그렇게 마을과 산의 경계를 맴돌았다.

겨울이 더 깊어진 어느 날, 산바는 다시 한번 산 아래로 내려갔다. 먹을 것을 찾으러 내려간 것은 아니었다. 늘 다니던 길 말고다른 길로 방향을 잡았다. 철조망이 많았고 경사가 가팔라 자꾸미끄러졌다. 내려가다 보니 뭘로 자른 듯이 산이 끊겼다. 사람들이 우글우글 모여 있었다. 사람들 앞에는 어디로 가는지 모를 길고 긴 길이 이어졌다. 자신을 본 사람들이 소리를 지르고 허둥대면서도 손을 들어 찰칵찰칵 소리를 내기 시작했다. 그리고 그 사이에서 산바는 분명한 목소리를 들었다.

"그러다 죽어."

크지 않은 목소리인데도 울려 퍼지는 느낌이었다. 산바는 이상해서 그 목소리의 주인을 물끄러미 바라봤다. 목소리의 주인은 얼굴 반을 가린 천 쪼가리를 벗었다. 기괴한 얼굴이었다. 붓고 일

그러지고 뒤틀린 얼굴. 우물같이 깊은 눈.

불빛을 번쩍거리며 뱀처럼 기다란 쇳덩어리가 가까이 오고 있었다. 코앞까지 와도 피할 자신이 있었지만 그 목소리를 외면할 수 없었다. 산바는 뒤돌아섰다가 다시 그 얼굴을 보았다. 그리고 자신도 모르게 목소리의 주인을 향해 웃어 버렸다. 산바는 웃을 줄 알았다. 사람들은 자신들만 웃을 수 있다고 오만하게 생각하지만 사람들이 경박하게 내지르는 건 산바가 보기에 웃음이 아니었다. 산바는 제대로 웃는 사람을 아직 본 적이 없었다.

와장창, 픽, 픽, 픽.

산바는 본능적으로 귀를 기울였다. 반쯤은 땅속에 묻혀 있는 집 창에서 불빛이 흘러나왔다. 산바는 집 뒤편으로 난 낮은 창으로 안을 들여다보았다. 남자가 있었다. 그리고 여자애가 있었다. 집 안이 어지러웠다. 사방에 먹을 것이 흩어져 있었다. 소녀의 머리통을 남자가 때리고 있었다. 머리를 때리고 발로 배를 찼다.

"일어나서 치워."

남자가 문득 때리는 걸 멈추더니 낮은 소리로 말했다. 소녀가 벌떡 일어나 바닥에 떨어진 걸 주워 담기 시작했다. 헝클어진 머리도 추스르지 않고 몸에 묻은 음식 찌꺼기를 털지도 않고 입술에 난 피를 닦지도 않았다. 소녀는 제 머리를 맞힌 통을 줍고 어질러진 곳을 치웠다. 산바는 소녀가 사람 같지 않다고 생각했다.

사람들이 사냥 올 때 데리고 오는 개, 시키는 대로 뛰고 멧돼지들을 공격하는 개, 훈련된 개처럼 소녀는 움직였다. 소녀가 움직이는 것을 남자는 물끄러미 보고 있었다. 이윽고 소녀가 집 안을 깨끗이 정리하고 남자 앞에 섰다. 마르고 작은 뒷모습이었다.

"다음에는 안 봐줘."

남자가 더 낮은 소리로 말했다. 소녀가 고개를 끄덕였다. 남자는 소녀의 끄덕임이 끝나기도 전에 오른손을 치켜들어 소녀의 따귀를 수차례 때렸다. 고개가 세차게 돌아갔다.

"어디서 대답 없이 고개만 까닥여?"

남자가 방을 나갔다. 소녀는 우두커니 서 있었다.

집을 나온 남자의 모습은 말끔했다. 방금 전까지 깡마른 소녀를 무자비하게 때렸다고는 보기 힘든, 조금은 슬픔이 깃든 모습이었다. 산바는 납작 엎드렸다. 저절로 숨소리가 거칠어졌다. 남자가 밤하늘을 보며 중얼거렸다.

"저거 사람 만들려면 얼마나 더 가르쳐야 하는지……"

부드러운 혼잣말이었다. 놀랍게도 그렇게 말할 때 남자는 꼭 아버지 같았다. 산바는 놀랐다. 송곳니가 부르르 떨렸다. 털 한 올 한 올이 꼿꼿해지는 기분이었다. 산바는 창 안의 소녀를 다시 들여다봤다. 겨울 산의 낙엽처럼 버석버석한, 뒤틀리고 부어 있는 얼굴, 그러다 죽는다고 소리치던 목소리. 산바는 그제야 유림을 알아보았다.

3장

겨울의 서원

지난번에 맞았을 때 탈이 난 것 같았다. 이가 많이 흔들리고 계속 피가 났다. 아빠에게 말했더니 병원에 가자고 했다. 유치원 때 같은 병원을 세 번쯤 가자 간호사가 혹시 애 누구한테 맞느냐고 아빠한테 물은 적이 있었다. 그 뒤로 아빠는 같은 병원을 두 번 가지 않았다. 먼 곳에 있더라도 다른 병원을 찾아갔다. 아빠는 병원에 가면 세상에서 가장 좋은 아빠처럼 웃었다. 아빠는 다른 사람들에게 친절했다. 사람들은 아빠 말을 잘 믿고 또 좋아했다. 밝고 예쁜 조명과 먼지 하나 없는 하얀 벽과 바닥이 있는 병원은 유림이 갈 수 있는 가장 깨끗하고 멋진 공간이었다. 간호사들은 친절했다. 하지만 병원 거울에 비친 자신의 모습을 보면 유림은 달아나고 싶었다. 너 같은 애가 여기 왜 있느냐고, 누군가 호통이라도 칠 것 같았다. 메마른 얼굴과 재활용함에서 주워 온 옷은 밝은 병원 조명 아래에서 더 초라해 보였다. 결국 자신이 어울리는 곳은 반지하방과 마리산 나무 아래밖에 없다고 유림은 생각했다.

전철역 옆 3층 건물에 새로 생긴 치과에서 아빠를 만나기로 했다.

"혹시 먼저 도착하면 병원 밖에서 기다려."

아빠는 유림이 치과에 가서 이상한 소리를 할까 봐 불안해하는 것이다. 한 번도 그런 적이 없는데도 아빠는 늘 유림을 단속했다. 병원에서건 학교에서건 동네에서건 유림이 무슨 이야기를 할까 봐 불안해하고 그 불안함 때문에 화를 냈다. 그래서 결국 이사 간다고 거짓말까지 하면서 학교도 그만두게 하려는 것이다. 아빠는 유림이 말을 할까 봐 때리고, 안 해야 할 말을 하면 맞는다는 걸 알려 주려고 때리고, 혹시라도 말을 하고 난 뒤에 자기가 겪을 상황을 상상하면 화가 나서 때렸다. 유림은 과거 때문에도 맞고 생기지도 않은 미래 때문에도 맞았다. 유림은 맞는 것을 막을 수가 없었다.

전철역 옆에 있다는 치과를 유림은 찾기가 어려웠다. 간판이 너무 많았고 건물 입구가 어딘지 잘 보이지 않았다. 아직 아빠가 오려면 시간이 남았는데도 늦을까 봐 가슴이 두근거렸다. 보이지 않는 감시 카메라가 달린 것처럼 불안했다. 다급해서 지나가는 사람에게 물어보았다.

"저기, 여기 새로 생겼다는 치과가 어디예요?"

지나가던 사람이 우뚝 멈췄다. 거의 삭발에 가깝게 머리를 깎은, 키가 훌쩍 큰 마른 사람이었다. 몇 살인지 짐작이 되지 않는 얼굴이다. 서늘한 눈이 유림을 빠르게 훑어보더니 이내 긴 팔로 어지러운 간판 가운데 하나를 가리켰다.

"3층 치과 말하는 거라면 저기. 근데 너……"

짧은 머리는 무언가 말을 더 이으려다 멈칫했다. 그리고 건물 안으로 들어가면서 뒤를 힐끗 보더니 계단을 올랐다. 유림은 황급히 짧은 머리를 따라 건물로 들어섰다.

치과 앞에는 점심시간을 알리는 팻말이 매달려 있었다. 아빠는 아직 오지 않았다. 다시 내려가야 하나? 짧은 머리는 치과 건너편 갈색 문으로 들어갔다. 갈색 문에는 윤이 반들반들한 옅은 나무색 간판이 붙어 있었다.

겨울의 서원-책, 맛있는 차, 그리고 이야기

간판을 읽고 있는데 문이 열렸다.

"병원 시간 남았으면 여기 잠깐 들어와도 되는데."

아까 그 짧은 머리가 불쑥 고개를 내밀더니 말했다. 문 안쪽에서 겨울 오후의 햇살이 쏟아져 나왔다. 눈이 부셨다. 망설이는 유림을 보고 짧은 머리가 씩 웃었다. 순간 주변의 공기가 확 바뀌었다. 그 웃음은 지난번 전철역에서 봤던 멧돼지의 웃음과 비슷했다. 웃을 때와 웃지 않을 때가 저렇게 다른 사람도 있나? 유림은 머리가 떵했다.

"너 초등학생이지? 여기 동화도 많아. 들어와."

유림은 열다섯 살이지만 너무 마르고 키도 작아 대부분 초등학생으로 착각을 했다.

문 안에서는 고소한 냄새가 흘러나왔다. 보통 때라면 절대로 들어가지 않았을 낯선 곳으로 유림은 조심스럽게 발을 내밀었다. 문 아래에 하나 있던 계단을 미처 보지 못해 몸이 기우뚱했다. 유림은 잠시 균형을 잃고 휘청거렸다. 짧은 머리가 다시 웃었다.

"어! 조심해. 계단 조심이라고 써 붙인다는 걸 자꾸 잊어 먹네. 미안. 편한 데 찾아 앉아."

작은 공간이었다. 투박하게 생긴 나무 탁자가 다섯 개 정도 놓여 있고 창가에 책장들이 있었다. 빼곡히 책이 꽂힌 책장 사이로 짙푸른 바다색 벽이 보였다. 탁자 위에서 타고 있던 조그만 초들이 유림이 문을 닫자 조심스럽게 일렁였다. 창문에 단 흰 커튼도 살짝 흔들렸다.

'아.'

알 수 없는 한숨이 나왔다. 문 하나를 열고 들어왔을 뿐인데 다른 세상으로 들어온 기분이 들었다. 마리산 나무 밑에 앉았을 때처럼 마음이 편안했다. 머리가 조금 어지러운 것만 빼면.

"누구 왔니?"

살짝 쉰 것 같은 독특한 목소리가 한쪽에서 들려왔다. 유림은 어쩐지 부끄러워 목소리가 울리는 그쪽을 쳐다보지 못했다.

"요 앞 치과 왔다는데 점심시간이라 들어오라고 했어요."

짧은 머리가 성큼성큼 소리 나는 쪽으로 걸어가며 말했다.

유림은 오래된 시골집 문 같아 보이는 나무 탁자 앞에 앉았다. 의자가 푹신했다. 이상했다. 분명히 깨끗하고 좋은 곳인데, 자신이 안 어울린다는 느낌이 없었다. 창가에 놓여 있는 화분처럼, 벽에 걸린 시계처럼, 그냥 거기 있어도 될 것 같은 기분이 들었다.

"이거 마시면서 보고 싶은 책 꺼내 읽어."

짧은 머리가 김이 모락모락 나는 하얀 컵을 앞에 놓았다. 유림은 고개를 들고 말했다.

"저 돈 없는데요."

생각보다 목소리가 크게 울려 유림은 당황했다. 유림은 자신의 목소리를 들을 일이 별로 없었다. 아빠는 말이 많은 것을 싫어했다. 쉰 목소리의 주인공이 가볍게 웃는 소리가 들렸다.

"개업 첫 손님 기념, 공짜야."

유림은 "고맙습니다." 인사를 했다. 짧은 머리가 놓고 간 컵에는 짙은 밤색 액체가 담겨 있었다. 유림은 머뭇거리다가 마스크를 벗었다. 참고 있기에는 향기가 너무 달콤했다. 컵을 들어 한

모금 맛을 보았다. 쓰기도 하고 달기도 한 진하고 부드러운 맛이 입 안을 가득 채웠다.

"우리 집 핫초코 맛있지? 그거 가루로 탄 거 아니야. 아마 이 동네에서 제대로 된 핫초코 내놓는 집은 우리밖에 없을걸."

처음으로 쉰 목소리의 주인공을 보았다. 헝클어진 짧은 머리에 동그란 얼굴을 한 여자가 웃고 있었다. 헐렁한 스웨터에 검정색 치마를 입고, 탁자에 펼쳐 놓은 책을 손가락으로 가볍게 두드리고 있었다. 개구쟁이 같은 표정이다. 여자가 웃으며 말했다.

"저쪽 칸에 동화책 많아. 몇 학년이야?"

유림은 용기를 내어 말했다.

"저, 초등학생 아닌데요. 열다섯 살이에요."

여자가 눈을 둥그렇게 떴다.

"어머 정말? 너 엄청 동안이다. 그러고 보니 초등학생 느낌은 아니네. 미안해. 주호 쟤가 눈썰미가 없어."

여자의 말에 웃음이 나왔다.

유림은 천천히 일어서서 창가에 있는 책장을 들여다봤다. 읽어 본 책은 한 권도 없었다. 아빠는 명심보감 말고는 책을 사 주지 않았다. 유림은 손가락으로 책을 훑다가 제일 제목이 긴 책을 한 권 꺼내 자리에 앉았다. 한 번도 느껴 보지 못한 굉장히 멋진 기분이 들었다. 뭔가 그럴듯한 사람이 된 기분. 하지만 오래 있을 시간이 없었다. 아빠가 도착할 때가 되었다. 다음에 와서 읽으려고 책 제목을 기억해 두었다. 다음이 있을지는 모르지만 말이다.

『엄청나게 시끄럽고 믿을 수 없게 가까운』

"다음에 꼭 와요."

'겨울의 서원'을 나설 때 여자가 눈웃음을 지으며 말했다.

그날은 아빠가 때리지 않았다. 병원에 다녀온 날은 원래 때리지 않지만 어쩐지 그 이유 때문이 아닌 것 같았다. 마치 서원에 다녀와서 좋은 일이 생긴 것 같은 그런 기분이 들었다.

4장

피폐

'피폐'라는 단어를 책에서 본 적이 있었다. 무슨 말인지 몰라 사전을 찾아보니 '어떤 대상이 거칠고 못쓰게 됨. 지치고 쇠약해 짐.'이라고 쓰여 있었다. 피읖이 두 개나 들어간 두 글자짜리 그 단어가 이상하게 마음에 달라붙어 주호는 소리 내어 서너 번 발음해 보았다. 지난번 전철역에서 주호는 살아서 돌아다니는 '피폐'를 보았다. 거대한 멧돼지가 나타나 난리가 난 아침이었다. 멧돼지를 보고 선로에 뛰어들려고 했던 그 무모한 피폐를 낚아챘을 때 주호의 팔에는 오소소 소름이 돋았다.

생각해 보면 주호에게도 피폐 비슷했던 때가 있었다. 친구들은 육지로 중학교를 가는데 자신은 섬에 남았을 때, 아흔이 넘은 할머니를 혼자서 돌봐야 했을 때 주호는 피폐했던 것 같다. 엄마는 일곱 살 난 주호를 할머니한테 맡기고 연락을 끊었다. 홀로 섬에 살던 할머니는 이미 여든이 넘은 노인이었고 얼마 후 치매가 왔다. 집은 바깥도 안도 거의 폐허나 다름없었다.

그러나 섬에 살 때보다 더 피폐했을 때는 생전 처음 본 고모네에 할머니랑 둘이 들어갔을 때였다. 주호는 여기가 자신이 있을 곳이 아니라는 걸 금방 알아챘다. 고모는 냉랭하고 무심했다. 비록 어렸지만 자신이 더 못쓰게 되기 전에 이 상황에서 탈출해야 한다는 걸 주호는 알았다. 가랑잎처럼 견디던 할머니가 돌아가시고 주호는 두말없이 고모네에서 나왔다.

아무도 주호를 찾지 않았다. 당연히 학교를 그만두었다. 서울로 올라와서 먹고살기 위해 온갖 일을 하며 지내는 동안에는 피폐할 틈도 없었다. 피폐해지기 전에 해야 할 일이 너무 많았고 피폐하다는 생각이 들기도 전에 피곤해서 잠이 들었다.

화신을 따라 청소년센터에 갔을 때 주호가 가장 신기했던 것은 사람들이 자신을 궁금해하는 것이었다. 사람들은 주호가 생각하는 것, 꿈꾸는 것, 힘들어하는 것을 알고 싶어 했다. 지금까지 주호가 만난 사람들은 같은 시간에 얼마나 일을 빠르게 할 수 있는지, 얼마나 딱한 사정인지, 어느 학교에 다니는지 등을 물어봤을 뿐이다. 자신이 어떤 사람인지 궁금해하는 사람들을 만나고 주호는 처음으로 자기 자신에 대해 생각해 보게 되었다.

화신은 주호에게 이런저런 부탁을 많이 했다. 그리고 올여름 P시에 북카페 여는 일을 도와 달라고 했다.

"네 또래 애들 와서 공부도 하고 책도 읽고 먹기도 하고, 그런 곳이야. P시는 도시여도 시골 같아서 애들 갈 데가 마땅히 없을 거야. 서울보다 월세가 훨씬 싸기도 하고. 가게 여는 일이 다 몸으로 때우는 일이라 나 혼자 힘들어. 네가 좀 도와줘."

말은 그렇게 해도 주호는 화신이 자기를 돕고 싶어서 그런 제의를 한다는 것을 알고 있었다.

"한쪽에 방도 놓았어. 너 하나 먹고 자면서 지내기는 괜찮을 거야."

주호는 몇 달 동안 머물던 고시원을 나왔고, 서울에서 하던 이 런저런 일도 그만뒀다. 여름 내내 페인트칠을 하고 조명을 달고 화신이 내놓는 사진들을 참고 삼아 어울리게 배치하느라 주호는 무척 고생을 했다. 액자를 걸고 블라인드를 달고 길거리에서 주워 온 헌 가구를 고치는 동안 반은 기술자가 다 되었다. 그렇게 늦은 가을이 되어서야 북카페는 겨우 모습을 갖췄다. 정리된 곳은 생각보다 훨씬 그럴듯했다. 의자는 낡고 제각각이어서 더 편안해 보였고 책꽂이 높이가 들쑥날쑥해서 벽이 더 생동감 있었다. 주호는 처음으로 자신이 한 노동에 감동했다. 커튼 한 장으로 구분된 자기 방도 마음에 들었다. 회색 침구를 깐 낡은 침대와 벽에 액자 하나 걸린 게 다인 방은 신부님의 방처럼 단출하고 소박했지만 지금까지 주호가 지내 왔던 어떤 공간과도 비교가 되지 않았다.

주호는 커피나 핫초코 냄새가 넘실대고 책이 꽂혀 있고 음악이 흐르는 '겨울의 서원'을 마음 깊이 좋아하게 되었다. 조금도 마음을 줄 수 없었던 더러운 방, 마구 쌓인 박스 사이, 가게 한편 창고 같은 곳에 아무렇게나 놓여 있던 자신의 몸이 이런 곳에 있게 된 것만으로 마음이 온화해지는 듯했다.

P시로 온 후 주호는 조금씩 말이 많아졌다. 지저분하고 꾸불꾸불하고 뭔가 촌스러운 P시의 분위기도 마음에 들었다. 자전거 수리점에서 꿀을 팔거나 마트 앞에서 할머니들이 고구마 대 껍질을 하염없이 벗기고 있는 모습도 좋았다. 동네를 조금만 벗어나면 올라갈 수 있는 산이 있어 약수를 뜨러 가는 것은 주호가 부리는 사치 중의 하나였다. 주호는 늘 해가 뉘엿뉘엿 지는 오후에 마리산에 올랐다. 정상이랄 것도 없는 마리산의 꼭대기는 제법 전망이 좋았다. 주호는 거기서 빨갛게 해가 지는 모습을 자주 보았다.

"네가 무슨 어린 왕자냐?"

화신은 주호를 놀렸다. 책을 읽지 않는 주호가 그 말을 알아듣지 못하자 화신이 이야기를 해 줬다.

"어린 왕자라고 우주인이 있는데 슬플 때마다 해 지는 걸 봤단다. 한번 읽어 봐."

주호는 그 말을 듣고 『어린 왕자』를 읽어 보았다. 책이란 걸 끝까지 읽은 것은 머리털 나고 처음이었다. 주호가 생각한 우주인

이야기는 아니었지만 그럭저럭 읽을 만했다.

"그 작가 진짜 비행사였고 나중에 실종됐어."

실종이 아닐 거라고 주호는 생각했다. 어린 왕자는 가짜 이야기가 아닐 것이다. 사막은 우주인이나 낯선 존재가 나타나기에는 아주 안성맞춤인 곳이다. 주호가 살던 섬에서도 자주 보지 않았던가. 마당에서 세수하고 고개를 들면 야생 염소 가족이 코밑까지 와서 쳐다보고 있었고, 대나무 소리만 가득한 바람 부는 밤에 밖에 나와 보면 마당 나무 위에 무엇인가 서 있기도 했다. 멧돼지가 나타났다고 법석을 떠는 이곳이 주호는 오히려 이상했다.

잘 읽지도 않는 책에서 우연히 발견해 마음에 달라붙어 있던 '피폐'라는 말, '피'로 시작해서 어쩐지 처절하게 느껴지던 말. 그 여자애를 보자마자 주호는 그 말을 떠올렸다. '피폐'가 사람이라면 아마 그 여자애의 얼굴을 하고 있을 것이다.

서원이 있는 건물 앞에 한 여자애가 서 있었다. 초등학교 5학년쯤 되었을까, 덩치가 작고 무척 야위었다. 마스크 안의 얼굴이 부어 있다는 것은 곧바로 알 수 있었다. 아이는 외투도 없이 영어가 대문짝만하게 쓰여 있는 분홍색 낡은 후드 티에 유행이 지나도 한참은 지난 통이 큰 청바지를 입고 있었다. 마스크 안에서 "저기요."라는 말이 나왔을 때 주호는 흠칫 놀랐다. 이유는 모르지만 말 같은 것은 하지 못할 거라고 제멋대로 생각했던 것이다. 하지만 더 놀랐던 이유는 목소리 때문이었다. 여자애의 목소리는 귓가가 아닌 심장 근처에서 투명하게 울렸다. 아이는 병원을 찾고 있었다. 하얀 마스크 위 눈동자가 까맣고 깊었다.

'거칠고 못쓰게 됨.'

주호는 사전에 있던 문장을 다시 떠올렸다. 카페에 들어온 여자애가 핫초코를 먹기 위해 마스크를 벗었을 때 주호는 또 한 번 놀랐다. 코 아래쪽이 말도 안 되게 퉁퉁 부어 있었다. 입술에는 채 마르지 않은 피딱지가 붙어 있었다. 마음 깊은 곳에서부터 화가 났다. 여자애의 모습이 길고양이 같았다. 털이 다 빠지고 못쓰게 상한 길고양이. 그 애가 열다섯 살이라고 말했을 때도 놀랐지만 어쩐지 커다란 실례가 되는 것 같아 일부러 무심한 척했다. 핫초코를 먹고 허리를 꼿꼿이 세운 채 아이는 책을 읽었다. 책을 보는지 어디를 보는지 알 수 없는 눈이었다. 여자애가 고른 책의 제목은 고른 사람과 정말 어울리지 않았다.

『엄청나게 시끄럽고 믿을 수 없게 가까운』

엄청나게 조용하고 세상의 끝처럼 멀리 있는 것 같은 얼굴을 한 아이가 미동도 없이 책을 읽고 있었다. 겨울 햇살이 무척 조심스럽게 아이의 어깨 위로 내려앉았다. 화신이 음악의 볼륨을 줄였다. 아이는 자주 시계를 쳐다봤다. 겨우 10분도 지나지 않아 아이는 허둥지둥 일어섰다. 그 아이가 나갈 때 주호는 보았다. 거칠고 못쓰게 된 상태에 있던 표정이 조금 변했다는 것을. 그리고 그제야 여자애가 전철역의 그 피폐라는 사실을 깨달았다.

아이가 나간 뒤 주호는 그 책을 집어 들었다. 그리고 읽기 시작했다. 주호가 선 채로 책장을 넘기는 걸 보고 화신은 웃으며 말했다.

"두 번째 책?"

5장

먼 데서 온
벗

명심보감을 다섯 페이지 베껴 쓰는 숙제를 끝내지 못했다. 유림은 글씨 쓰는 속도가 느렸다. 속도를 빨리해서 쓰면 글자가 반듯하지 않다고 혼이 나기 때문에 반듯하게 쓰느라 더 느려졌다. 반듯하면 느리고, 느리면 시간 안에 다 못 한다. 반듯하지 않은 글씨 때문에 맞느냐, 시간을 못 지켜서 맞느냐. 유림이 선택할 수 있는 것은 그 정도였고 어제 유림은 반듯한 글씨를 택했다.

"어젯밤에 내준 숙제 내놔."

"……."

"다 못 했어?"

"쓰다가 잠들어 버렸어요."

"엎드려뻗쳐."

아빠가 벽에 기대어 놓은 당구봉을 들었다.

"살려 주세요."

유림은 빌었다. 전에 당구봉으로 맞다가 다리가 부러진 적이 있었다. 아픈 것이 지긋지긋했다. 지금도 얼굴이 너무 아프다. 또 다리가 부러지면 산에도 못 가고, 모처럼 생긴 가고 싶은 곳에도 가지 못할 것이다. 유림은 빌었다.

"얼른 엎드려뻗쳐, 더 맞기 전에. 사람 되려면 맞아야지. 그거 하나를 못 하고 잠이 들어? 그게 말이 돼?"

무서웠다. 이빨이 딱딱 부딪쳤다. 아빠 다리를 붙잡았다.

"엎드려뻗치라고!"

아빠가 발로 걷어찼다. 등으로 엉덩이로 머리로 당구봉이 날아들었다. 최대한 머리를 감싸고 몸을 말았다. 몇 대를 맞았을까. 당구봉이 머리를 감싼 손가락을 세게 때렸다. 비명이 터져 나왔다. 손가락이 부러져 버린 것 같았다. 아빠가 때리는 걸 멈추더니 손가락을 들여다봤다.

"구부려 봐."

손가락에 힘이 들어가지 않았다. 붉게 변한 손가락이 무섭게 부풀어 오르고 있었다.

"밤에도 아프면 병원 갈 거야. 방 다 치워 놓고."

아빠는 구석에 당구봉을 다시 세워 놓고 어제 세탁소에서 찾아온 코트를 입고 집을 나섰다.

냉동실에서 얼음을 꺼내서 손가락에 올려놓았다. 손가락이 시리니 아픔이 좀 덜한 것 같았다. 어쨌든 다리를 안 맞은 게 다행이었다. 한참 얼음을 올려놓았던 손가락에 붕대를 세게 감았다.

자주 맞으면 아픔에 둔해질 것 같지만 절대로 그렇지 않다. 얼마나 아픈지 알기에 무서움도 더하다. 조금이라도 덜 아프기 위해 몸을 이렇게 저렇게 움츠려 보고, 뺨을 맞을 때 입을 악물어 보고 벌려도 보고 여러 가지 방법을 써 봐도 아프지 않은 적은 없었다. 아빠가 급하게 나가느라 오늘 치 숙제는 내주지 않았다. 시간이 생겼다.

유림은 집을 나왔다. 밭을 지나 산으로 올라갔다. 눈이 오려는지 하늘이 찌뿌둥했다. 햇빛을 가린 구름은 두터웠다. 눈이 오기 전은 춥지 않다. 나무 밑에 앉았다. 손가락을 잘라 버리고 싶다는 생각이 들었다. 아픔을 못 느끼는 나무들이 부러웠다. 눈이 내리기 시작했다. 기왕 내리는 거 엄청나게 많이 내렸으면 싶었다. 유림은 좀 자고 싶었다. 그냥 쉬고 싶었다. 눈을 감았다. 설핏 잠이 들었다.

"일어나. 죽어."

머릿속에서 울리는지 신속에서 들리는지 알 수 없는 목소리였다. 우렁우렁하고 남자 목소리와 여자 목소리가 뒤섞인 소리였다.

"그러다 얼어 죽는다니까."

다시 목소리가 들렸다. 몸이 움직이지 않았다. 가까스로 눈을 떴다. 들어 본 적이 있는 것 같은 목소리였다. 목소리는 어디서 나나? 몸 안에서 나는 것도 같다. 머릿속 저 안에서 북소리가 들리는 것도 같다. 어느새 낙엽을 하얗게 덮을 만큼 쌓인 눈 위에 뭔가가 서 있었다. 멧돼지. 전철역, 그 멧돼지.

"꿈이야? 아니면 나 죽었어?"

유림이 물었다. 하지만 말은 목소리가 되어 밖으로 나오지 않았다. 그래도 유림은 계속 물었다.

"네가 나한테 말한 거야?"

멧돼지는 가만히 유림을 쳐다봤다. 북소리처럼 목소리가 다시 울렸다.

"난 인간들이랑 말 안 해."

유림은 웃었다.

"나도 인간들이랑 별로 말 안 해."

인간들이라고 말하니 자신이 우주인이라도 된 것 같아 웃음이 나왔다. 유림이 웃는 걸 보더니 멧돼지가 웃었다. 전철역에서 잘못 본 것이 아니었다. 멧돼지는 웃고 있었다. 온 산이 멧돼지의 웃음에 반짝 깨어나는 것 같았다. 그런 웃음이 세상에 있었다. 유림은 그런 웃음을 본 적이 있었다. 지난번 서원의 갈색 문 안쪽에서 짧은 머리가 고개를 내밀고 웃었을 때, 유림은 건물 전체가 잠깐 흔들리는 게 아닌가 싶었다. 어떤 웃음은 세상을 흔들리게 한다.

"인간들은 여러 종류가 있어. 나한테 말을 거는 인간, 내가 말을 걸어도 못 알아듣는 인간, 아예 말을 하고 싶지 않은 인간. 대부분의 인간들은 세 번째였지만 드물게 말을 걸고 싶은 인간이 있기도 해."

그대로 놔두면 죽을까 봐 할 수 없이 말을 걸었다고 멧돼지는 이야기했다. 나무 밑에 서 있는 모습이 커다란 바위 같았다.

"일어나지 않을래. 죽어도 상관없고."

유림이 말했다. 자신의 말이 꼭 투정 부리는 어린아이처럼 들렸다. 문득 유림은 아무에게도 그런 식으로 말해 본 적이 없다는 걸 깨달았다. 그리고 이내 그런 자신의 말투가 마음에 들었다. 그 순간 유림이 생각한 것은 어이없게도 어제 쓰던 명심보감 구절이었다.

'가난하게 살면 번화한 시장 거리에 살아도 서로 아는 사람이 없고, 넉넉하게 살면 산중에 살아도 먼 데서 오는 친구가 있느니라.'

유림은 어제 그 구절을 쓰다 잠이 든 것이다. 그 사실이 웃겨서 유림은 또 웃었다. 먼 데서 온 친구가 멧돼지라니. 그것도 말을 하고 웃는. 덩치가 커다랗고 흰색 딜이 가득한 멧돼지라니. 그리고 또 생각했다. 아빠는 도대체 왜 명심보감을 쓰라고 하는 걸까? 아빠는 명심보감을 읽어 보기나 했을까?

멧돼지가 천천히 다가왔다. 붕대를 칭칭 감은 손가락에 멧돼지가 부드럽게 코를 갖다 댔다. 송곳니가 닿자 붕대가 단번에 풀렸다. 멧돼지 입에서 찐득찐득한 액체가 흘러나와 손가락을 덮었다.

"손가락에 시원한 느낌이 들면 눈으로 씻어 내."

유림은 순순히 고개를 끄덕였다.

"그리고 일어나기 싫어도 얼른 가. 너같이 털 없는 사람은 이런 데 오래 누워 있다가는 죽어."

멧돼지는 잔소리를 하고는 천천히 몸을 돌려 멀어져 갔다.

"또 만나. 먼 데서 온 친구."

멧돼지의 뒷모습을 보며 유림은 중얼거려 보았다. 이제 목소리는 입술 밖으로 나가서 나직하게 퍼졌다. 자신의 목소리가 낯설었다. 넉넉하게 살지도 않는데 어떻게 먼 데서 온 친구를 만났을까? 처음으로 좋은 일이 있을 것 같은 기분이 들었다. 요즘 들어 새로운 것을 많이 만나고 있었다. 먼 데서 온 멧돼지와, 좋은 향기가 나는 도서관 같은.

6장

명심보감

마스크를 벗은 아이의 얼굴을 보았을 때 화신은 비명을 지를 뻔했다. 단지 상처 때문만은 아니었다. 아이의 얼굴은, 건조했다. 나이에 어울리지 않는 짙은 체념의 그림자가 가득했다. 노인의 얼굴이었다. 조심해서 다루지 않으면, 조금이라도 뚫어지게 쳐다보면 절대로 다시는 오지 않을 것 같았다.

며칠 후 다시 온 아이의 얼굴은 지난번보다는 좋아 보였다. 부기는 가라앉았고 우물처럼 깊은 눈에 생기가 돌았다. 여전히 분홍 후드 티에 낡은 청바지 차림으로, 피아노 학원 이름이 적힌 가방을 들고 있었다.

"저기, 여기서 문제집 풀거나 공부해도 되나요?"

아이는 조그맣게 물었다. 화신은 미소 지으며 고개를 끄덕였다. 유림은 그런 화신을 보며 엷게 웃었다. 그리고 가방에서 낡은 책과 노트를 꺼냈다. 책을 보고 연필로 공책을 사각사각 메워 가는 유림의 어깨 위로 또 조심조심 겨울 햇살이 내려앉았다. 화신은 또 별수 없이 음악 볼륨을 줄였다.

그 후 유림은 날마다 비슷한 시간에 왔다. 오는 시간은 늘 점심 때. 아무래도 핫초코로 점심을 때우는 눈치였다. 화신은 티 나지 않게 쿠키나 떡 같은 것을 챙겨 주려고 애를 썼다.

"저기, 돈이 없는데요. 안 주셔도 되는데."

유림이 어색하게 웃으며 말하면 화신은 이런저런 핑계들을 대며 먹을거리를 내밀었다.

유림은 말을 걸기 전에는 입을 열거나 눈을 마주치는 법이 거의 없었다. 화신이 가까이 다가가면 읽던 책을 덮고 쓰던 것도 멈췄다. 뭔가를 들키지 않기 위해 애쓰는 것처럼 보였다. 늘 앉는 창가 자리에서 표지가 없어서 무슨 책인지도 모를 낡은 책을 펴놓고 노트에 무언가를 하염없이 썼다.

유림이 서원에 온 지 며칠이 지난 후 화신은 유림에게 종이 한 장을 내밀었다.

"이 카드 좀 써 줄 수 있을까? 별건 아니야. 이벤트 같은 거 해볼까 해서."

유림은 망설이다가 카드에 이름과 주소를 적었다.

"전화는 없어요."

"홍유림…… 유림이. 성이 홍씨구나. 이름이 우리 서원하고 참 잘 어울린다."

유림이 내민 카드를 보며 화신이 말했다. 단정하게 앉아서 글을 쓰고 있는 유림을 보면 이곳이 정말 조선 시대의 서원이 된 것 같은 느낌이 들었다. 그런데 유림의 카드를 본 후 무엇인가 마음에 걸렸다. 이벤트를 한다는 것은 거짓말이었다. 유림에 대해 뭐라도 알아 두어야겠다 싶어서 급하게 만든 카드였다. 이름 석 자와 주소만 적힌 그 카드 어디가 마음을 자꾸 불편하게 하는지 화신은 알 수 없었다.

"그 책 재밌니?"

모처럼 뭘 쓰지 않고 서원의 책을 읽고 있는 유림에게 화신이 물었다.

"네. 좀 어렵긴 한데 재밌어요."

"책을 참 꼼꼼히 읽나 봐. 난 빨리 읽느라 놓치는 게 무지 많은데."

유림이 웃었다. 그리고 처음으로 묻지 않은 말을 했다.

"저는 여기가 참 좋아요."

가슴이 뭉클했다.

"좋아해 줘서 고마워."

화신의 대답에 유림이 다시 웃었다. 화신이 덧붙였다.

"앞으로도 자주 와. 꼭."

유림은 한결 따듯해진 얼굴로 조금 더 있다가 자신이 있던 자리를 치우고 조용히 일어나서 서원을 나갔다.

"안녕히 계세요."

언제나처럼 또박또박한 인사는 잊지 않았다. 이상하게 유림을 보고 있으면 화신은 옛날의 자신이 자꾸 생각났다. 웃지 않던 아이. 모든 것이 싫어서 늘 찡그리고 있던 시절. 채소가 썩어 가는 들큰하고 역겨운 냄새가 가득했던 가겟방과 줄을 서서 기다려야 했던 공동 화장실. 고민에 빠져 있던 아버지. 아빠. 아버지. 아빠.

더 생각하고 싶지 않아 화신은 설거지를 시작했다. 잠시 후 주호가 들어왔다. 손에 종이를 들고 있었다.

"우편물 왔니? 또 뭐 내라는 고지서는 아니지?"

설거지를 하던 화신이 주호를 보고 말했다.

"앞 계단에 떨어져 있었는데 아무래도 요즘 맨날 오는 개가 떨어뜨린 것 같아요."

"그래?"

"근데 얘는 어린애가 무슨 공부를 하는지 되게 옛날 말을 잔뜩 써 놨네요. 글씨는 또 엄청 잘 쓰네."

화신은 고무장갑을 벗어 싱크대에 걸고 손을 닦았다. 어쩐지 기분이 좋지 않았다.

"그래? 뭐라고 쓰여 있는데?"

"음…… 인간의 사사로운 말도,"

주호가 종이를 읽었다. 화신의 입에서 저절로 다음 구절이 흘러나왔다.

"하늘이 들을 때는 우레와 같고,"

주호가 놀라서 화신을 바라보며 다시 읽었다.

"어두운 방에서 마음을 속일지라도,"

"귀신의 눈은 번개와 같으니라."

화신의 얼굴이 창백했다.

"뭔데 그렇게 잘 아세요? 유명한 말이에요?"

화신은 싱크대 앞에 우두커니 서서 대답이 없었다.

"선생님 왜 그러세요?"

멍하던 화신이 고개를 흔들고 다시 말했다.

"아니야. 그거 말고 또 뭐가 쓰여 있니?"

"한 장에 다 이 말만 있어요."

"그거…… 명심보감이야. 옛날 경전 같은 거야. 요즘 그런 거 다시 읽기가 붐인 모양이더라. 누가 쓰라고 했나 보……"

화신이 말을 제대로 끝맺지 않고 멈췄다. 얼굴이 굳어 있었다.

주호가 말했다.

"참 어지간하네요. 읽는 것도 모자라 여러 번 쓰기까지 하고. 선생님도 어릴 때 이런 거 베껴 쓰고 그러셨어요?"

화신은 또 멍하니 한참 대답이 없었다.

"나 좀 나갔다 올게."

화신은 겉옷도 걸치지 않고 급하게 나가 버렸다.

주호는 고개를 갸웃거리며 유림이 읽다 놔둔 책 사이에 종이를 접어 넣고 서원 청소를 시작했다.

7장

유령이
되기 위해

지난 며칠 동안 꿈처럼 좋은 시간이 이어졌다. 먼 데서 온 친구, 아니 멧돼지, 아니 산바를 만난 후부터였다. 하루에 한 시간씩 서원에 머물렀다. 아빠가 해 놓으라는 명심보감 숙제도, 문제집 풀기도 서원에 가면 더 빨리 할 수 있었다. 30분은 숙제를 하고 30분은 책을 읽었다. 그리고 돌아와서는 산바를 만나러 산에 올라갔다. 무엇보다 좋은 일은 아빠가 바빠졌다는 것이다. 아빠는 7시도 안 되어 집을 나가서 밤늦도록 돌아오지 않았다. 저녁 먹을 때면 어김없이 돌아와 어디든 후려갈기던 아빠가 잠이 들 무렵에나 들어오자 유림은 편안하다는 기분이 뭔지 조금은 알 것 같았다. 더구나 이제 가고 싶은 곳이 두 군데나 있었고, 만나고 싶은 사람들(과 멧돼지)이 있었다. 산바 옆에 있으면 추운 겨울 산이 따뜻했다. 유림은 마트 아주머니에게 전보다 더 열심히 인사를 하고 시들거나 재고로 남은 채소들을 얻었다. 그렇게 얻어 온 채소를 먹는 산바 옆에서 유림은 이야기를 했다. 주로 서원에서 읽은 책과 서원 사람들 이야기였다.

"엄청 제목이 긴 책을 읽고 있어. 아빠를 잃은 남자애가 나와. 슬픈 이야기인데 슬프지가 않아. 거기 나오는 아빠는 이야기를 많이 해 줘. 사막의 모래 이야기 같은 거. 그렇게 다정한 아빠가 진짜로 있을까?"

유림은 이야기를 하다가 순간순간 말을 멈추곤 했다. 그때 유림이 어디를 보고 있는지 산바는 알 수 없었다. 이야기가 늘어 가면서 산바는 유림이 주로 어떨 때 이야기를 멈추는지 알게 되었다. 유림은 아빠라는 말이 나올 때 멈췄고, 서원에서 일한다는 머리가 짧은 남자애 얘기를 할 때 멈췄다.

"그 사람이 처음에 나를 보고 초등학생이라고 했어. 진짜 기분이 나빴다니까. 너도 내가 초등학생으로 보여?"

산바가 초등학생이 뭐냐고 묻자 유림은 깔깔 웃었다. 텅 빈 산에 유림의 웃음소리가 퍼지면 나무들이 간지럼을 타듯 살살 몸을 떨었고 그때마다 산바와 유림의 머리 위로 반짝이는 얼음 조각 같은 눈이 떨어져 내렸다.

"사람은 학교를 다니잖아. 가방을 메고. 나도 학교를 다녔어. 이제 아니지만. 초등학교는 사람이 처음 다니는 학교 이름이야.

근데 나는 초등학교만 졸업했는데 어른이 되면 무슨 일을 할 수 있을까?"

유림은 그 이야기를 하다가 또다시 멍해졌다. '어른이 되면'이라는 말이 낯설었다. 여섯 살 때는 열다섯 살이 넘으면 어른인 줄 알았다. 지금도 그때와 똑같이 살고 있을 줄은 몰랐다. 분명히 아주 먼 곳에서 행복하게 살고 있을 거라 믿었던 것이다. 과연 어른이 될 수 있을까? 스물다섯 살이나 서른다섯 살이 될 수 있을까?

산바는 잠이 들었는지 눈을 감았는지 알 수 없는 얼굴로 엎드려 있었다. 집채만 한 멧돼지가 아니라 순한 강아지처럼 말이다. 유림은 산바의 콧잔등을 한참 쓰다듬었다. 뻣뻣해 보이던 털은 방향을 잘 잡아 쓰다듬으면 융단처럼 부드러웠다. 산바랑 있으면 세상이 조용하고 평화로웠다.

"서원 선생님하고 그 사람한테 너 소개시켜 주고 싶어. 분명히 나처럼 너를 좋아할 텐데."

자신이 아는 누구를 다른 누구에게 이야기하는 건 여섯 살 이후 처음이었다. 유림은 그때 이후로는 사람들 이야기를 아무에게도 하지 않았다. 마리산 아래 동네 집집마다 어떤 사람이 사는지, 텃밭을 가꾸는 할머니들이 누구인지, 산바 먹을거리를 얻어 오는 보람마트 아줌마네 사정도 알았지만 아무에게도 이야기를 하지는 않았다.

여섯 살 때 해님 반 선생님, 친절하고 상냥했던 선생님이 생각났다. 머리가 아파 밥을 먹을 수 없어서 가만히 앉아 있었더니 해님 반 선생님이 이마를 짚어 봤다. 그리고 머리를 들춰 보고는 깜짝 놀라서 머리가 왜 이렇게 붓었고 빨갛냐고 물었다. 그때 처음이자 마지막으로 아빠 이야기를 했다. 아빠가 발로 차서 책상에 부딪쳤다고. 주먹으로 얼굴도 때리고 종아리도 때리고 글씨 제대로 못 쓰면 세 시간 동안 손을 들고 있기도 한다고.

그러고 나서 유림은 그 유치원을 못 다녔다. 머리도 잘 쓰다듬어 주고 안아 주던, 웃음이 예뻤던 해님 반 선생님을 다신 못 봤다. 일주일도 안 돼서 이사를 했다. 이사하기 전날 하루 종일 아빠한테 맞았다. 벌을 받고 글씨를 쓰고 또 맞고 상처 난 곳을 볼펜 끝으로 찔렸다. 유림은 그날 죽을지도 모른다는 생각을 처음 했다.

그 후로도 늘 그런 식이었다. 조금이라도 자세히 눈여겨보는 사람이 있거나, 유림의 말에 귀 기울이는 사람이 있으면 이사를 갔다. 멍이 들었든 말든, 또래보다 덩치가 작든 말든 신경을 안 쓰는 사람들 속에서만 유림은 머물 수 있었다. 오래 머물기 위해서는 최대한 눈에 띄지 않아야 했다. 시간이 흐른 후 아빠와 유림은 둘 다 방법을 알게 되었다. 어떻게 유림을 때려야 사람들 눈에 안 띄는지 아빠는 알았다. 어떻게 행동해야 선생님이나 애들이 자신의 존재를 못 알아채는지 유림은 알았다. 너무 말을 안 해도, 너무 말을 해도 안 된다. 준비물을 너무 잘 가져와도, 너무 안 가져와도 안 된다. 숙제를 너무 잘해도, 너무 못해도 안 된다. 규칙이 점점 더 늘어났다. 맞을 때 소리를 내면 안 되었다. 어른들한테 인사는 하더라도 이야기를 길게 해선 안 되었다. 질문에는 웃는 얼굴로 짧게 대답해야 했다.

유림은 최선을 다했다. 질문받지 않기 위해. 눈에 띄지 않기 위해. 사람들 사이를 존재감 없이 통과해 버리는 유령이 되기 위해.

8장

너는 누구

화신은 다음 날 유림이 올 시간이 되도록 그 찢어진 노트를 펴보지 않았다. 거기에 반복해서 쓰여 있다는 명심보감과 무척 잘쓴다는 글씨, 그리고 저 먼 곳에 진짜 자기 자신을 묻어 버린 듯한 유림의 표정까지, 화신은 두려웠다.

오전 내내 화신은 주호가 카운터에 올려놓은 책과 그 책 사이에 끼워진 종이를 보며 일어섰다 앉았다를 반복했다. 12시가 되었다. 유림이 올 시간이었다.

"뭐가 더 나빠질까 봐 걱정이야?"

화신은 어이가 없어 그만 피식 웃었다. 웃어 버리니 오히려 마음이 가벼워졌다. 앞에 놓인 책을 물끄러미 바라보았다.

『엄청나게 시끄럽고 믿을 수 없게 가까운』

그 위로 또 다른 제목이 겹쳐 보였다.

『아무도 미워하지 않는 자의 죽음』

화신이 제목을 노려보고 있을 때 서원 문이 열렸다.

"안녕하세요."

오늘은 옷이 다르다. 매번 입고 있던 분홍색 후드 티 대신 짙은 녹색 남방에 검정색 코트를 걸치고 있었다. 낡은 옷들이었지만 잘 어울리는 차림이었다. 단정하게 묶은 꽁지 머리가 옛날 여학생 같았다.

"유림아, 오늘 참 예쁘다. 옷 샀니?"

"아니요."

유림의 얼굴에 보일 듯 말 듯 한 미소가 번져 나갔다.

유림은 구석 창가 자리에 앉았다. 코트를 벗고 피아노 가방에서 노트와 표지가 떨어져 나간 책을 꺼냈다. 명심보감과 명심보감 구절이 잔뜩 쓰인 노트겠지. 어쩔 수 없이 물어보는 수밖에 없다고 화신은 생각했다.

'왜 명심보감을 베껴 쓰고 있는지, 왜 그렇게 같은 옷만 입는지, 학교는 다니고 있는지, 누가…… 너를 힘들게 하는지.'

화신은 핫초코를 타서 들고 천천히 유림의 자리로 갔다. 녹색 남방의 단추를 턱 밑까지 잠그고 허리를 꼿꼿이 세우고 글씨를 쓰고 있는 유림의 모습이 옛날 드라마의 정지 화면 같았다. 보고 싶지 않은 드라마. 오래전에 멈춰 버린 열여덟 살의 어떤 날.

"뭘 그렇게 맨날 쓰고 있니?"

화신이 핫초코를 내밀었다. 유림이 당황하며 재빨리 쓰던 것을 덮었다.

"네? 숙제하는 거예요."

노트를 덮은 유림의 손가락이 보라색이었다. 화신이 손을 잡았다. 손가락 끝이 뭉툭했다. 손톱이 거의 보이지 않았다. 화신은 마른침을 삼켰다.

"다쳤니? 손이 왜 이래?"

"어제 집에서 무거운 것 나르다가 손을 다쳤어요."

유림이 빠르게 대답했다.

"무거운 걸 날랐다고?"

유림이 웃었다. 피부만 움직여서 웃는 것 같은 웃음이었다. 웃음모드 단추를 눌렀을 때 로봇이 지을 법한 표정이었다. 화신은 덥석 유림의 어깨를 잡았다. 유림이 화들짝 놀라며 말을 이었다.

"제가 원래 피부가 약해서 멍이 잘 들어요. 어제도 조심한다는 게……. 아빠가 안 그래도 많이 걱정하셨어요."

평소에 말 한마디도 안 하던 유림은 외워 둔 대사라도 읊듯 대답하고 있었다. 화신은 유림의 노트를 집어 들었다.

"주세요, 선생님."

유림이 벌떡 일어섰다. 화신이 재빨리 노트를 넘겼다.

자로 잰 듯이 반듯한 글씨가 노트를 채우고 있었다. 정확히 다

섯 장마다 날짜와 사인이 있었다. 휘갈겨 쓴 어른 글씨체의 사인
이었다. 속이 울렁거렸다. 유림이 화신의 손에서 노트를 낚아챘다.

"선생님, 저 갈게요. 고맙습니다."

유림은 짐을 챙겨 서둘러 나가 버렸다. 화신은 붙잡지 못했다.
얼굴이 화끈거리고 속이 떨려 왔다.

화신은 차마 보지 못했던 유림의 찢어진 종이를 책 사이에서
꺼냈다. 그리고 자신의 다이어리를 펼쳤다. 조심스럽게 둘을 나
란히 놓았다. 글씨체는 같은 사람이 썼다고 해도 믿을 수 있을 만
큼 비슷했다. 숨이 막혀 왔다.

"넌 도대체 누구니. 넌 도대체."

화신은 혼잣말을 반복하며 서랍을 뒤졌다. 어제 받아 놓은 유
림의 카드가 서랍에 있었다.

홍유림
마리산 산 189번지

'홍유림'이라는 글씨가 도드라져 보였다. 유림의 노트에 휘갈겨
써 있던 사인이 머릿속에서 둥실 떠올랐다. 화신은 손에 들고 있
던 카드를 힘없이 떨어뜨렸다.

0장

세상에 없었던
봄

"엄마, 오늘은 진짜 학교 갔다 와야 된다니까. 중간고사 얼마
남지도 않았고 공책이랑 문제집이랑 다 거기 있다고."

화신은 발을 동동 굴렀다. 문제집보다 훨씬 더 중요한 것이 거
기 있다는 말은 차마 하지 못했다. 사흘 전 단축수업을 하더니
다음 날부터 학교가 닫혔다. 얼마 후면 중간고사인데, 왜 그러는
지 화신은 이유를 몰랐다.

"지금 시내 나가면 안 된다는 말 못 들었어? 어제 군인들 들어
왔댄다. 이 계집애가 속도 없이."

시내 상황이 심상치 않다고 했다. 어머니 아버지도 자세한 사
정은 모르는 눈치였다.

다른 때 같으면 굳이 학교에 안 갔을 테지만 지금은 달랐다. 시

험이 코앞이고 그리고 꼭 챙겨야 할 책이 학교에 있었다.

고등학교에 들어왔을 때 화신의 성적은 정확히 189등이었다. 전체 360명 중 중간도 못 한 것이다. 다섯 식구가 복닥거리는 가게에 딸린 단칸방에는 책상 놓을 곳은커녕 잠잘 곳도 변변치가 않았다. 아버지는 방 뒷문으로 통하는 빈 공간에 사과 궤짝을 포개어 임시로 방을 만들었다. 슬레이트 지붕으로 겨우 천장을 가린 공간이었다. 바닥으로는 하수구 물이 줄줄 흘러들었고 여름만 지나면 외풍에 코가 시렸다. 하루 종일 채소를 파느라 녹초가 된 아버지는 식구들에게 단칸방을 내주고 궤짝으로 만든 방에 지친 몸을 누였다.

가끔 한밤중에 잠이 깨면 화신은 어김없이 열린 문 너머 어둠 속에서 타들어 가는 빨간 담뱃불을 보았다. 이상하게 화신은 그 담뱃불을 보면 마음이 편안해지곤 했다. 방 안에 넘실거리는 담배 냄새도 좋았다. 일곱 집이 재래식 화장실 한 개를 같이 쓰는 구질구질한 집도 그런 밤에는 아늑하게 느껴지기도 했던 것이다.

나중에 그런 밤을 회상할 때마다 화신은 가슴이 아렸다. 밤마다 잠을 못 이루고 담배를 피우던 그때의 아버지는 마흔이 채 되지 않은 나이였다.

가정방문을 온 날, 훤칠한 키의 담임 선생님은 낮은 문틀에 혹이 날 정도로 세게 머리를 부딪쳤다. 아픈 머리를 연신 문지르며 엄마가 내놓은 과일을 먹는 둥 마는 둥 했다. 그리고 배웅하러 나온 화신에게 교무수첩을 보여 줬다.

"잘 봐라, 화신아. 네 위로 이렇게 애들 이름 쭉 있는 거 보이지? 네가 우리 반 20등으로 들어왔어. 네가 이길 애들 이름이 이렇다. 앞으로 공부 열심히 해."

선생님은 길고 고운 손가락으로 화신의 이마를 톡 두드리고 또 어깨를 두드렸다.

"살길은 공부밖에 없어."

중학교 때까지는 모든 것이 싫었다. 시장에서 장사하는 사람 중에 유일하게 욕을 못 했던 엄마 아빠가 서로 상소리를 해 가며 싸우는 것을 보았을 때, 아빠가 가게에서 팔리지 않는 물건들을 역 앞에서 팔다가 건달들에게 신발로 뺨을 얻어맞는 것을 보았을 때, 화신은 화가 나기보다는 죽고 싶었다. 단칸방이나 채소가 상해 가는 냄새가 물씬한 어두운 가게도 싫었다. 잘 펴지지 않는 곱슬머리나 눈치도 없이 솟아나는 여드름이 더 싫었는지도 모른다. 화신은 스스로를 다락방에 갇힌 소공녀 세라처럼 여기고 싶었다. 그러나 세라처럼 예쁘지 않고 부자 아빠가 없다는 게 문제였다. 어떻게 해도 여기서 벗어날 수 없을 것만 같았다. 아버지가 신발로 뺨을 맞아 가며 번 돈으로 곱슬머리를 펴 준다는 드라이어를 사다 줘도 화가 날 뿐이었다. 화신은 그때 자신의 불행을 높이 평가하느라 다른 것을 볼 여력이 없었다.

담임 선생님의 기다란 손가락이 어깨를 두드린 그날, 화신에게는 날개가 돋아났다. 그날 이후 화신은 날마다 어두운 가게 바닥에 밥상을 펴고 공부를 했다. 그리고 두 번째 시험에서 선생님의 교무수첩에 있던 열아홉 명을 모두 이기고 1등을 했다.

고1 마지막 시험에서 전교 1등을 한 후 화신이 밥상을 펴 놓고 있는 시간은 점점 길어졌다. 어머니, 아버지가 잠 좀 자라고 잔소리를 하기 시작했다. 꼬챙이처럼 말라 가고 매일 아침 세수할 때마다 코피를 쏟는 딸을 부모는 더 이상 대견해하지 못했다.

1학년이 끝난 후 군대를 간 선생님은 간간이 화신에게 편지를 보냈다. 물론 화신이 열 통쯤 보내면 한 통이 오는 정도였다. 선생님은 가끔 읽어 볼 만한 책을 추천해 주곤 했다. 참고서와 교과서 외에는 어떤 책도 보지 않는, 아니 볼 시간도 없는 화신이었지만 선생님이 얘기한 책은 어떻게든 구해서 읽었다. 지난번 편지에서 선생님이 추천해 준 책은 『아무도 미워하지 않는 자의 죽음』이었다. 독일 책이라고 했다. 선생님이 권한 책은 무조건이었지만 이번 책은 제목이 너무도 마음에 들어서 꼭 읽고 싶었다. 그러나 도서관에도 서점에도 그 책은 없었다.

"아무도 미워하지 않는 자의 죽음? 우리 집에 그거 있어. 우리 언니가 읽던데?"

별로 친하지도 않은 아이가 이렇게 말했을 때 화신은 뛸 듯이 기뻤다. 국사 요점 정리한 공책이랑 그 애가 어려워서 쩔쩔매고 있는 물리 몇 문제를 가르쳐 주고 책을 받기로 했다. 그런데 덜

컥 휴교를 한 것이다. 주인 할머니 집까지 가서 어렵게 전화를 했다. 학교 앞에 사는 친구는 교실 책상 서랍에 그 책과 국사 공책을 넣어 두겠다고 했다.

"아무래도 뒤숭숭한데 은행에 가서 돈을 좀 찾아와야 되겠어."

아버지가 점심을 먹고 어머니에게 말했다. 화신이 재빨리 끼어들었다.

"아빠, 나도 같이 가. 가는 길에 학교 잠깐만 들르게. 응?"

어머니가 잠시 생각하더니 허락을 했다.

"뭐, 은행에서 돈 찾는다는데 별일 없겠지. 얼른 다녀와요. 오는 길에 라면이나 좀 많이 사 오고."

거리는 한산했지만 모든 것이 눈부신 봄이었다. 햇볕은 따가울 정도로 따스했고 노란색, 분홍색 꽃송이들이 소란스러웠다. 짐을 더 많이 싣기 위해 판자를 덧대 놓은 아버지의 자전거 뒤에 앉는 걸 화신은 싫어했지만 오늘은 좋았다. 아버지는 하천을 지나 다리를 건너 시내 중심가 쪽으로 힘차게 페달을 밟았다. 화신이 다니는 여고는 시내에서 무척 가까웠다. 시험이 끝난 날 영화 단체 관람을 하러 종종 시내까지 걸어가기도 했다. 화신은 얼른 학교에 도착할 수 있었으면 싶었다.

학교에는 아무도 없었다. 교실로 달려가 친구가 서랍에 넣어 놓았다는 책을 찾았다.

'있다. 있어!'

생각보다 얇은 책이라 들고 온 보조 가방에 쏙 들어갔다. 화신은 서둘러 나와 기다리고 있는 아버지의 자전거에 올랐다. 학교에서 10분 정도만 더 가면 은행이었다.

"얼른 가자. 사방이 조용한 것이 영 불안하다."

아버지는 삐걱대는 자전거의 페달을 다시 밟았다. 뭔가 잘못되었다는 것을 안 것은 은행에 거의 도착했을 때였다. 중심가에 오기 전까지 보이지 않던 사람들이 여기저기 있었다. 사람들은 두 종류였다. 철모를 쓰고 총검을 든 군인과, 그 군인에게 끌려가거나 맞고 있는 사람.

은행 앞쪽에 꿇어앉은 이들이 보였다. 체크 남방에 청바지를 입은 남자, 러닝셔츠만 입은 남자, 머리가 헝클어진 채 엎드려 있는 여자, 모두 젊은 사람들이었다. 군인 한 명이 총 손잡이로 체크 남방의 머리를 때렸다. 체크 남방이 비명을 질렀다. 머리 안쪽에서 붉은 피가 흘러내렸다.

"아이고 화신아, 얼른, 얼른 집에 가야겠다."

아버지가 새파랗게 질려 자전거에 다시 올라타려는데 체크 남방을 때리던 군인이 다가왔다.

"뭐야?"

군인은 아버지와 화신을 번갈아 쳐다봤다.

"아니, 은행에 좀 볼일이 있어 가지고요."

아버지가 웃음을 지어 보였다. 군인은 웃지 않았다. 군인은 시선을 화신 쪽으로 옮겼다.

"너 가방 열어 봐."

"네?"

"말 안 들려? 가방 열어 보라고, 이년아."

화신은 서둘러 가방을 열었다. 군인이 가방을 낚아채 거꾸로 흔들었다. 국사 공책과 책이 아스팔트 위로 쏟아졌다. 군인이 허리를 숙였다. 그리고 책을 집어 들고 넘기기 시작했다. 아직 읽지 않은 책이다. 흑백사진 몇 장이 언뜻 보였다.

"너 이 책 뭐야?"

군인이 화신의 가슴을 총부리로 툭 찔렀다.

아버지가 황급히 화신을 자신의 몸 뒤로 숨겼다.

"아, 우리 애기가 시험이 얼마 안 남아 가지고. 애가 공부를 잘해서요. 전교 1등이라 시험공부를 해야 한다고……."

아버지가 화신을 돌아보며 말을 이었다. 군인이 아버지 뒤통수를 사정없이 후려갈겼다.

"이 새끼 너는 조용히 하고. 잠깐 기다려."

군인은 상관으로 보이는 사람에게 화신의 가방에서 나온 책을 가져갔다. 둘이서 이야기를 하는 동안 아버지는 화신의 손을 으스러질 듯 잡고 있었다. 손에 땀이 축축하게 배어났다. 얼마 지나지 않아 군인이 다시 돌아왔다.

"어린년이 대가리에 총 맞고 싶어서 환장을 했냐? 요즘 시국에 어디서 이런 불온서적을 보란 듯이 들고 다녀? 하다 하다 이제는 애비랑 딸년이 같이 폭도질을 하네. 둘 다 저리 가 있어."

군인이 아버지의 자전거를 걷어차고 화신의 따귀를 몇 대 때렸다. 화신과 아버지는 손을 머리에 얹고 체크 남방 옆으로 가서 앉았다. 땅바닥에는 피가 고여 있었다. 아버지가 피 웅덩이 위에 주저앉았다. 무릎을 꿇지 않았다고 다른 군인에게 머리를 한 대 더 얻어맞았다. 화신의 머릿속은 하얗게 증발하고 있었다. 아버지가 넋 나간 듯 뭐라고 혼잣말처럼 중얼거렸다. 점점 꿇어앉는 사람들이 늘어 갔다.

몇 시간이 지났을까. 군인들이 와서 트럭을 타라고 했다. 아버지는 집에 가야 된다고, 은행에 돈을 찾으러 온 것뿐이라고 몇 번 더 애원하다가 총신으로 머리를 맞았다. 아버지 얼굴에 핏물이 흘러내렸다. 화신은 토할 것 같아 바닥에 엎드렸다. 속에 있는 것은 나오지 않았고 눈물도 나오지 않았다. 도무지 믿을 수 없는 비현실감이 가득했다. 집에서 나와 잠깐 길을 잘못 든 것뿐이다. 꿈일지도 모른다. 이런 건 영화에서나 있는 일 아닌가. 트럭은 어딘지 모르는 건물 앞에 섰다. 내려서 다시 무릎을 꿇고 있으니 다른 군인이 걸어 나왔다.

"야, 거기 애비랑 딸년, 이리 나와. 거기 중학생 새끼, 너도 나오고 아까 얻어터진 짱깨, 너도 나오고. 나머지 폭도 새끼들은 저기로 따라가."

군인이 빙글빙글 웃으면서 화신의 머리를 툭툭 건드렸다.

"니들은 운 좋은 줄 알아. 딱 머리에 총구멍 나야 맞는데 내가 오늘 특별히 기분이 좋아서 살려 주는 거니까. 니들은 오늘부터 새사람이 된다."

군인이 아버지를 보며 물었다. 넉살 좋은 선생님이 학교에서 농담하는 것 같은 말투였다.

"어이 아저씨. 학교 어디까지 나왔어? 뭐? 중학교? 요즘 세상에 그 학벌로 되겠어. 사람은 배워야지. 배워야 자기 주제를 알고 나라 위해 봉사하지. 이제 아저씨는 학생 되는 거야, 학생. 좋지? 국가한테 감사해야 돼. 세상 물정 모르고 날뛰었는데 학교도 보내 주고 정신 개조도 해 주는 이런 좋은 나라가 어딨어? 배때지에 기름이 끼니까 똥인지 된장인지 구분 못 하고 데모질을 하지. 니들이 이렇게 날뛰면 누가 좋아하겠냐? 저기 북쪽에 있는 놈들만 좋아하는 거야."

그렇게 화신은 아버지랑 함께 그들이 말하는 학교를 갔다. 세상에 없는 학교, 아무도 모르는 학교, 지금까지도 정체가 제대로 밝혀지지 않은 학교였다.

화신과 비슷한 나이부터 50이 넘는 사람들까지 아무렇게나 모인 학생들은 연령별로 조를 배정받았다. 조별로 줄을 서서 헤어질 때 잠깐 눈인사를 나눈 이후 화신은 다시는 아버지를 만나지 못했다.

학교의 규칙은 엄했다. 새벽에 일어나 공부를 세 시간 하고 나머지 시간에는 나가서 일을 하거나 끝나지 않는 훈련, 아니 기합을 받았다. 이부자리를 똑바로 개 놓지 않거나 옷이 흐트러져 있거나 목소리가 크지 않거나 얼굴이 못생겼거나 코딱지가 보이거나…… 수많은 이유들로 수많은 기합을 받았다. 욕을 들었고 운동장을 돌았고 의자를 들고 있기도 했고 얼굴이 호박처럼 부풀어 오를 때까지 서로의 뺨을 때리기도 했다. 공부 시간에는 주로 공책에 무언가를 베껴 썼다. 다섯 장을 꼬박 채우고 나면 조장이 사인을 하고 10분을 쉬게 해 주었다. 화신이 있던 조에서는 주로 명심보감을 썼다. 글씨가 조금이라도 흐트러지거나 줄도 없는 공책에 쓴 문장이 직선에서 이탈하면 사정없는 기합과 매질이 반복되었다. 쓰고 난 명심보감은 토씨 하나 틀리지 않게 외워야 했다. 자다가 일어나서도 입에서 줄줄 나오지 않으면 어김없이 기합을 받았다. 지금도 화신은 그때 쓴 명심보감을 다 외울 수 있다. 아마 죽어서 시체가 되어도 누가 툭툭 찌르면 일어나서 외울 수 있을 것이었다.

너무 아끼면 반드시 너무 쓰게 되고, 너무 칭찬하면 반드시 너무 헐뜯게 되며, 너무 기뻐하면 반드시 너무 우울해지고, 너무 감추면 반드시 너무 잃게 된다.

화신은 눈을 감고 명심보감의 한 구절을 중얼거려 보았다. 비가 많이 온 날, 수문을 열어 버린 댐처럼 기억이 터져서 흘러내렸다. 기억은 머릿속에서 흘러나와 온몸을 돌고 돌았다. 유림의 글씨는 화신의 글씨를 복사한 듯 똑같았다. 아무 개성도 없이 반듯한 글씨체였다. 25년이 되도록 고치지 못한 화신의 글씨체, 화인처럼 새겨진 글씨체였다. 유림의 공책에 휘갈겨져 있던 사인이 떠올랐다. 다섯 페이지마다 꼬박꼬박 되어 있던 사인. 어설프던, 잔뜩 멋을 부리려 애를 쓴 티가 역력하던, 그 사인.

"홍기수."

화신은 그 이름을 불러 보았다. 심장이 죄어드는 것처럼 무서웠다. 그 학교를 나온 이후 한 번도 입 밖에 내서 불러 본 적 없는 이름이다. 수십 명의 원생들 중 유일하게 제 발로 들어왔다는 열여덟 살 소년 홍기수는 나이는 가장 어렸지만 가장 악질이라고 소문이 자자했다. 홍기수의 사인을 공책에 받기 위해 얼마나 마음을 졸였는지, 사인을 하던 볼펜이 멈출 때 얼마나 무서웠는지 화신은 고스란히 떠올랐다.

열여덟 살이었던 그 봄에 화신은 이상한 학교를 다녔고, 거기에 사인을 해 주던 조장 홍기수가 있었다. 그리고 그 봄, 그 학교에서 젊었고, 착했고, 고민으로 밤을 지새우던 화신의 아버지는 사라졌다. 내내 도망쳐 왔던 그 열여덟의 봄 안에서 홍기수가 걸어 나오고 있었다.

10장

가장
꼭대기 집

　수많은 규칙을 갖고 사는 홍기수에게 외박하지 않는 것은 무척 중요한 규칙 중 하나였다. 어린 딸과 단둘이 사는 아버지로서 밖에서 잠을 자고 들어가는 일은 안 될 말이었다. 하지만 어제는 어쩔 수 없었다. 얼마 안 있으면 선거가 있어서인지 사무실에 할 일이 많았다. 나가야 할 행사가 많아지고 들어오는 물건들도 많았다. 가끔 사무실로 들어오는 참치캔이나 라면 같은 걸 분배하는 일이 제일 까다로웠다. 그런 사소한 것들 때문에 분쟁이 일어나서 말려야 할 때 홍기수는 참을 수 없는 분노가 끓어올랐다. 경련이 일어날 정도로 억지웃음을 짓고 아쉬운 소리를 한참 해서 일이 수습된 다음에 보니 이미 전철도 버스도 끊긴 시간이었다. 결국 사무실 소파에서 자는 둥 마는 둥 겨우 눈을 붙였다.

날이 밝자마자 오늘 자 신문들 중에 읽을 만한 기사를 잘라 스크랩했다. 사무실에 자주 오는 어르신들을 위해 제목을 다시 큰 글씨로 쓰고 카테고리별로 묶어서 신문 기사를 스크랩하는 것은 홍기수가 하는 일 중 꽤 비중이 높았다. 오늘은 스크랩할 뉴스도 많았다. 언제까지 돈도 안 되고 골치만 아픈 이 일을 계속해야 할지 알 수 없었다. 이번 선거에서 제대로 뭔가를 해내지 않으면 속절없이 40대를 흘려보내야 할지도 모른다. 어떤 사람들은 이런 데서 일하면 나라에서 돈을 뭉텅이로 집어다 주는 줄 알지만 요즘은 옛날과 사정이 달랐다. 행사나 서명운동에 나가면 새파란 젊은 놈들한테 욕먹는 일도 자주 있었다. 홍기수는 그런 일이 있을 때마다 이마의 실핏줄이 터지도록 참곤 했다. 걸핏하면 쌍욕을 하고 먹살잡이를 하는 사람들을 홍기수는 경멸했다.

점심때가 되어서야 집으로 향했다. 좁아터진 단칸 지하방이지만 어찌 됐든 자신의 명령대로 움직이는 깨끗하게 정리된 집이 있다는 것은 좋은 일이었다. 하지만 홍기수 자신은 그 사실이 자신에게 얼마나 큰 위안인지 제대로 알지 못했다. 서둘러 지하철역으로 내려가는데 노숙자가 이 추운 날 양말도 신지 않고 엎드려 있는 것이 보였다. 박스 위에 놓인 동그란 돈 바구니에는 고작 몇백 원이 들어 있을 뿐이었다. 더러운 노숙인의 머리카락을 보니 머릿속이 근질근질해져 홍기수는 저도 모르게 머리를 쓸어 올렸다.

피곤해서 전철에서 깜박 잠이 들었다. 바람이 많이 찼다. 홍기수는 코트 깃을 잡아당기며 급하게 전철역을 빠져나왔다.

전철역에서 집까지는 한참 걸렸다. 자기 같은 애국자가 아직도 이런 어처구니없는 동네의 가장 꼭대기에서 월세를 살고 있다는 사실이 우리나라가 한참 멀었다는 증거라고 홍기수는 생각했다. 정화학교에서 인연을 맺었던 사람들 중 아직까지도 그 시절의 교훈을 뼛속까지 새기고 사는 사람은 자신밖에 없었다. 대통령이 바뀌었다고, 세상이 달라졌다고 이렇게 저렇게 마음을 바꿀 동안 변함없이 나라의 앞날을 걱정하고 바른 몸가짐에 바른 정신을 유지하고 산 것은 오직 자신뿐이었다. 그런데 어이없게도 이 모양 이 꼴로 살고 있는 사람도 홍기수 자신이 유일했다.

그런 현실을 깨달을 때마다 홍기수는 화가 치밀었다. 그리고 이런 현실을 만들어 낸 데 가장 도움을 많이 준 계집애가 지금 저 산동네 골방에서 꾸벅거리며 명심보감을 쓰고 있을 걸 생각하면 더욱더 화가 났다. 어제 집에 들어가지 않았으니 얼마나 또 마음에 안 드는 짓을 저질러 놓았을지 홍기수는 가슴이 두근댔다. 화가 나서 두근대는지, 혹시 화를 낼 일이 없을까 봐 걱정이 되어 두근대는지 그것은 알 수 없는 일이었다. 열여덟 그때와 비슷했다. 조원들에게 무엇이든 제대로 되어 있어야 한다고 강조해도 늘 제대로 되어 있지 않았다. 화를 내는 것도 피곤하지만 화를 안 내는 것은 더 피곤했다.

홍기수는 아귀가 맞지 않아 삐걱이는 문을 거칠게 잡아당겼다. 문을 열자마자 바로 보이는 한 짝짜리 싱크대에 아직 설거지를 안 한 밥그릇이 부주의하게 담겨 있었다. 미장이 잘못되어 물이 잘 안 빠지는 부엌 바닥은 축축했다. 구질구질한 집 안의 모습에 기분이 몹시 나빠졌다. 방문이 부서져라 문을 열었다. 화가 치솟기 시작했다.

"설거지도 안 하고 뭐 하고 있어!"

홍기수는 소리를 질렀다.

11장

그 냄새

산바는 아무래도 이 겨울을 넘기지 못할 것 같다고 생각했다.
몇 달 새에 급격하게 나이를 먹었다. 검은색이었던 털빛은 은색
에 가까울 만큼 희끗희끗해졌다. 동네 가까운 쪽 나무 아래에 가
면 먹을 것이 있었다. 아이가 갖다 놓은 것이다. 처음엔 나무 밑
에 그냥 놓아두더니 아무래도 불안했는지 낙엽을 치우고 땅을
파고 묻어 두었다.

'마트 아줌마한테 당근 얻어 왔어. 봐 봐. 앞으로 마트 갈 때마
다 인사 더 잘할 거야.'

부쩍 말수가 많아진 아이의 목소리가 귀에 쟁쟁했다. 아이 곁
에 있으면 어릴 때 생각이 났다. 흙 속에 주둥이를 파묻고 엄마
를 따라다니며 뛰놀던 어린 시절.

며칠째 나무 밑은 텅 비어 있다. 아이는 보이지 않았다. 배가 고픈 게 문제가 아니었다.

'오늘은 한번 가 봐야겠군.'

아이와 만나기 시작한 후 좀처럼 내려가지 않던 마을까지 가보기로 했다. 이상한 기분이 들 때는 느낌에 따라야 한다.

산바는 조심조심 몸을 숨기며 산 아래로 걸음을 옮겼다. 겨울답지 않게 쨍하고 맑은 날씨였다. 산자락 끝 마지막 바위 뒤에 몸을 숨기고 아이 집을 살폈다. 길에 아무도 없는 것을 확인하고 다시 걸음을 옮기려는 순간, 산바는 숨을 멈췄다. 저편에서 그 인간이 오고 있었다. 불길한 느낌이 온몸을 훑고 어디선가 맡아 본 듯한 냄새가 콧속으로 깊게 흘러 들어왔다. 머릿속 저 안쪽에서 무언가 둥둥 신호를 보내는 것 같았다.

남자는 머리끝부터 발끝까지 광이라도 낸 듯 반들반들했다. 남자의 희고 단단한 이마가 잔뜩 찌푸려져 있었다. 대단히 못마땅한 일이라도 있는 듯했다. 남자는 성큼성큼 걸어 길을 향해 나 있는 작은 문을 휙 열어젖혔다. 곧 남자의 고함 소리가 들렸다.

햇빛이 쨍한데 눈이 내리기 시작했다. 겨울 낮, 가난한 동네에는 개미 새끼 한 마리 보이지 않았다. 산바는 더 가까이 집으로 다가갔다. 집 안에서 소리가 들려왔다. 뭐라고 화를 내는 소리, 거의 들리지 않는 대답, 마른 나뭇잎같이 금방이라도 부서질 듯한 몸을 무언가로 때리는 소리. 망설일 이유가 없는 분노와 증오

심이 코끝에서부터 뒷다리에 있는 털 한 올 한 올까지 뻗어 나갔다. 산바는 머리로 벽을 쿵 박았다. 집 전체가 무너질 것처럼 흔들렸다. 안에서 들리던 소리가 멈추고 남자가 밖으로 뛰어나왔다. 산바는 몸을 숨겼다. 남자가 주위를 두리번거렸다.

산바는 송곳니가 떨리는 걸 느꼈다. 당장 달려가 저놈을 쓰러뜨리고 갈기갈기 찢어 버리고 싶다는 생각이 가죽을 뚫고 밖으로 나오는 것 같았다. 이상했다. 단지 여자아이를 때리는 놈이어서 드는 생각 같지가 않았다. 산바가 남자를 향해 다가가려는 순간 문이 열리고 아이가 나왔다. 남자가 날카롭게 소리쳤다.

"들어가!"

아이의 코에서 피가 흘러나오고 있었다. 코가 뭉개진 것 같았다. 돌아서는 아이와 눈이 마주쳤다. 아이가 소스라치며 고개를 저었다.

'안 돼.'

소리 없는 말이 온 산을 흔드는 것 같았다. 산바는 몸을 돌려 산으로 향했다.

햇빛 아래 봤던 그 남자의 얼굴과 냄새를 생각했다. 썩은 과일 같은 알 수 없는 냄새가 잡힐 듯 맴돌다 사라졌다. 무엇일까. 배가 고프니 무언가를 오래 생각하는 일이 쉽지가 않았다.

아이의 얼굴이 생각났다. 자신을 보고 한사코 고개를 젓던 안타까운 표정. 그 코에서 흘러내리던 붉은 피도. 거의 하루를 빼

놓지 않고 맞고 있는 저 아이, 자신의 말을 단박에 알아듣는 저 아이. 처음에는 이해할 수 없었다. 왜 저 아이는 소리도 안 내는지, 왜 주변의 많고 많은 인간들에게 이야기를 안 하는지. 하지만 남자에게 얻어맞을 때 아이의 얼굴과 눈빛을 보고 산바는 알았다. 그 눈빛은 태어날 때부터 우리 안에 갇혀서 인간에게 길들여진 동물들과 똑같았다. 다르게 사는 방법을 아예 모르는 자의 눈빛이었다. 저대로 놔두면 아이는 죽을 것이다. 우리 안에 갇힌 동물들이 다 그렇게 된다는 걸 산바는 알았다. 살아 있으면서 죽어 있든지, 아니면 진짜 죽든지 둘 중에 하나일 것이다.

12장

부탁

유림은 그날 이후 서원에 나오지 않았다.

"걔 요즘 안 나오네요?"

주호는 슬쩍 화신에게 말을 붙여 보았다. 화신은 유림의 노트를 본 날부터 줄곧 이상하게 굴었다. 굉장히 신경을 많이 쓰고 있는 것 같으면서 정작 유림에 대해 아무 말도 하지 않았다. 정확히 말하자면 일부러 말을 하지 않기 위해 무던히 애를 쓰는 눈치였다. 상대가 말을 안 하려는 것에 대해 굳이 말을 꺼낼 만큼 무신경하지는 않았기에 주호는 오래 참았다. 하지만 더는 참을 수 없었다. 화신은 극단적으로 말수가 줄었고 잠을 거의 못 자는 듯했고 눈앞의 것이 아닌 딴것을 보는 얼굴을 하고 있었다. 그리고 가끔 알 수 없는 혼잣말을 중얼중얼했다.

주호는 고시원에서 화신을 처음 만났다. 꼬박꼬박 월세만 내면 누가 살든 상관하지 않는 비좁은 고시원이었다. 복도에서 몇 번 마주친, 언뜻 보면 소년인지 아가씬지 아줌마인지 구분이 안 되던 여자가 전단지 비슷한 것을 내밀었다.

"학교 안 다니는 것 같은데, 여기 나올래? 공부도 하고 이야기도 하고 밥도 먹고 뭐 그런 곳인데."

그렇게 해서 주호는 화신이 일하는 청소년센터에 나가게 되었다. 거기에는 주호처럼 학교를 안 다니는 아이들이 많았다. 센터에서 주호가 하는 일은 듣는 것이었다. 주호는 그저 들었다. 저 멀고 먼 남쪽의 시골에서 할머니와 단둘이 살 때는 들어 본 적 없는 이야기들이 넘실댔기에 듣기만 해도 좋았다. 주호는 자기 안의 이런저런 감정들을 표정이나 목소리나 말이나 행동으로 나타내는 것이 어려웠다. 솔직히 말하면 자신의 마음속에서 일어나는 것이 무엇인지 알기 힘들었고 그것에 어떤 이름을 붙여야 할지 몰랐다.

화신은 그런 주호가 처음으로 '대화'라는 것을 나눠 본 사람이었고 주호가 툭툭 뱉는 몇 마디 말들로 주호의 마음에 이름을 붙여 준 사람이었다. 그렇게 단단해 보이던 화신이 며칠 새에 완전히 딴사람이 되어 있었다. 주호는 무언가 이해해 보고 싶어서 유림이 떨어뜨린 노트 조각과 읽다 만 책과 화신의 혼잣말을 연결해 보려 애썼지만 아무것도 알 수 없었다.

"가서 물 떠 올게요."

주호는 멍해져서 대답도 하지 않는 화신에게 한마디를 던져 놓고 생수통을 메고 서원을 나왔다. 혼자 있고 싶을 때면 주호는 마리산에 간다. 도시 근처의 산은 언젠가는 흔적도 없이 사라져 도시로 흡수되어 버린다는 것을 섬에서 온 지 얼마 지나지 않아 알게 되었지만 그래도 산에 가면 마음이 편했다.

평소보다 두세 배는 빠르게 걸어서인지 약수터에 도착했을 때 주호는 기운이 거의 빠져 있었다. 가쁜 숨을 몰아쉬며 약수터 의자에 털썩 앉았다. 약수터는 시골 마당 수돗가처럼 거칠게 시멘트칠이 되어 있었다. 눈이 많이 온 후라 줄곧 말라 있던 대롱에서 물이 조금씩 흘러나오고 있었다. 일어나서 대롱 아래에 입을 갖다 댔다. 물이 시원했다. 한참 눈을 감고 쫄쫄거리는 약수를 마셨다. 그리고 눈을 떴을 때 주호는 약수터에 자신이 혼자 있지 않다는 것을 알게 되었다.

전에 만난 적이 있는 녀석이었다. 10월쯤인가, 한밤중에 약수터에 간 적이 있었다. 왠지 마음이 허전하고 달이 밝은 밤이었다. 섬에 살 때 마당에 나와 달구경을 하던 기억이 났다. 달이 다 찬 밤이면 마당이 온통 환했다. 할머니는 자다 깨다를 반복하고 가끔 지나는 바람 소리만 들리는 섬의 밤. 주호는 오줌 누러 밖에 나왔다가 한 시간씩 달을 올려다보곤 했다. 도시에 온 뒤에도 달이 밝은 밤에는 잠이 잘 오지 않았다. 그래서 한밤중에 마리산에 갔던 날 주호는 그 녀석을 보았다.

녀석은 약수터 근처 제일 높은 리기다소나무 아래 서 있었다. 처음에는 달빛을 받아 하얗게 빛나는 그 녀석이 곰인 줄 알았다. 주호는 놀라지 않았다. 주호에게는 달빛 아래 서 있는 멧돼지가 자연스러웠다. 반가웠다. 어릴 때 생각이 나고 어릴 때 봤던 달이 생각나고 염소 가족이 생각났다. 주호가 물끄러미 바라보자 멧돼지가 주호를 보고 웃었다. 그제야 주호는 깜짝 놀랐다. 웃는 멧돼지라니. 멧돼지는 주호를 보고 웃은 뒤 달빛을 등에 진 채 천천히 돌아서서 사라졌다.

"또 너네?"

주호는 입에 문 물을 닦으며 앞에 선 멧돼지에게 말했다. 이번에는 지난번보다 훨씬 더 가까이 있었다. 달빛이 아닌 햇빛 아래서 본 멧돼지는 더 야위고 늙어 있었다. 이번에 멧돼지는 웃지 않았다.

"구해 줘라."

산이 우렁우렁 울렸다.

"누구를? 너를?"

멧돼지는 주호를 가만히 바라보다 걸음을 옮겼다. 주호가 다시 물었다.

"누구?"

멧돼지는 대답 없이 몸을 돌려 달리기 시작했다. 주호는 주저

하지 않고 멧돼지를 따라 달렸다.

산이 시작되는 경계선에 걸쳐진, 동네의 마지막 집이었다. 주
호는 반지하방 흐릿한 창문에 조심스럽게 눈을 갖다 댔다가 튀
어 오르듯 일어섰다.

문을 두드린 지 1분도 지나지 않은 것 같은데 시간이 아득하
게 느껴졌다. 잠긴 문을 부숴 버릴까 생각할 때 거짓말처럼 문
이 열렸다.

"누구십니까?"

교양 있는 목소리였다. 추운 날인데도 머리카락이 땀에 젖은
것만 빼면 조금도 이상할 것 없이 온화한 표정을 한 남자가 주호
를 바라봤다. 주호는 소름이 끼쳤지만 어떻게든 남자를 집에서
나오게 해야겠다고 생각했다.

"아, 여기가 홍유림이라는 학생 집 맞지요?"

"그런데요. 누구신지."

남자가 날카로운 눈으로 주호를 훑어보았다. 그 눈이 귓바퀴의
피어싱에 이르자 남자의 얼굴이 찌푸려졌다.

"저는 전철역 근처 북카페에서 일을 하고 있어요. 유림이가 거
기 나와서 방학 동안 공부를 했고요."

주호는 되도록 말을 늘이며 뭐라고 둘러대야 하나 바쁘게 머
리를 굴렸다.

"무슨 말인지 모르겠는데요? 우리 애는 집에서 홈스쿨링하는데 무슨 카페에 나갔다는 건지."

주호는 머릿속이 새하얘지는 것 같았다.

'생각을, 생각을 하자. 이 남자가 집에서 나오도록.'

서울 청소년센터에 있을 때 아이들 얘기에는 관심이 없다가도 장학금이나 지원에 관한 상담을 할 때는 거짓말처럼 얼굴이 환해지고 사근사근했던 어른들이 떠올랐다.

"그러니까, 저희 북카페는 청소년 지원 사업을 하고 있어요. 저희 선생님이 유림이가 워낙 책도 많이 읽고 반듯하다고 부모님 만나서 장학금 의논해 보고 싶다고 하셔서요. 저희 쪽으로 후원이 많이 들어오는데 아직 저희가 동네 사정을 잘 몰라서 장학금 전달할 학생을 못 찾고 있었거든요. 유림이가 꼭 맞는 아이 같은데 요즘 카페에 안 나오고 있어서요. 실례인 줄 알면서 이렇게 찾아왔습니다."

주호는 술술 흘러나오는 소리가 진짜 자신의 목소리인지, 말을 하면서도 믿어지지가 않았다. 어쨌든 그 말을 들은 남자의 얼굴이 단박에 환해졌다.

"아, 그래요? 장학금? 마침 내가 나가려던 참이니 잠깐 들러 상담을 해 보도록 하죠 뭐."

주호가 최대한 예의 바른 표정으로 남자를 보며 웃었다.

"그러시겠어요? 저기 역 근처 동원빌딩 3층에 있어요. 새로 개

업한 치과 맞은편에 있는데."

"아, 거기. 거기라면 나도 알지. 전에 우리 애 치과 데려갈 때 거기서 잠깐 기다리라고 했는데 그때 만난 모양이구만."

남자가 사람 좋게 웃었다.

"네. 그럼 저는 근처 다른 학생 집에도 볼일이 좀 있어서요. 제가 선생님께 연락해 놓을 테니 지금 가 보시면 좋을 것 같습니다."

주호는 인사하고 아래로 걸어 내려갔다. 남자는 집 안으로 들어가 외투와 목도리를 걸치고 다시 나왔다. 그런 뒤 골목을 재게 내려갔다. 남자가 한참 멀어지고 난 후 주호는 다시 유림의 집 앞으로 와서 섰다. 그리고 삐걱대는 문의 손잡이를 힘차게 당겼다.

13장

15년

물을 뜨러 간다던 주호에게서 문자가 왔다.

'유림이 아빠가 서원으로 가고 있어요. 우연히 보게 됐는데 애를 무지막지 두들겨 패고 있었어요. 서원에서 장학금 준다는 핑계 대고 일단 그쪽으로 보냈어요. 저는 유림이 데리고 병원으로 갑니다.'

진작 가 봤어야 했다. 차마 가지 못했다. 아니 가지 않았다.

홍기수를 아버지로 두고 있는 여자애가 있다. 그것은 화신이 상상조차 해 보지 못한 일이었다. 자신이 어른이 되고 나이를 먹을 동안 홍기수도 어른이 되고 나이를 먹는다는 것을 화신은 생각해 본 적이 없었다. 화신에게 홍기수는 언제까지나 그 학교의 조장이었고 묻어 두고 온 과거에 봉인된 사람이었다.

그런데 홍기수가 나타난 것이다. 그것도 아버지로. 가랑잎 같은 소녀의 아버지로. 그 아이는 화신이 벗어나려고 했던 그 석 달을 15년 동안 살고 있었다. 화신은 그 15년에 대해 생각해 보았다.

홍기수의 몸은 이글이글 타는 것처럼 보여 늘 실제보다 커다랗게 보였다. 서로 뺨을 때리는 벌을 받을 때는 상대방의 이빨이 나갈 정도로 있는 힘껏 손을 휘둘렀고, 햇볕에 익사할 것 같은 여름 한낮의 운동장을 미친 들개처럼 잘도 뛰었다. 일주일 만에 조장이 되었을 때 누구보다 의기양양하던 홍기수의 얼굴이 떠올랐다. 모두들 홍기수를 무서워했다. 모두들 홍기수의 주먹을 피하기 위해 애를 쓰고 또 썼다. 홍기수는 누가 봐도 명백하게 알 수 있을 만큼 화신에게 심하게 굴었다. 석 달이 지나 학교에서 나올 때 화신은 왼쪽 귀의 청력을 잃었고 약간 비대칭이 된 얼굴을 얻었다.

"15년이란 말이지. 명심보감을 쓰고 따귀를 맞은 게."

터지고 부어오른 유림의 얼굴과 거의 보이지 않을 정도로 작은 손톱이 떠올랐다.

"석 달, 15년, 명심보감, 아빠, 아버지."

서원 문이 열렸다. 그리고 홍기수가 들어왔다.

"안녕하십니까. 홍유림 아빠 되는 사람인데요, 우리 애를 선생님이 좋게 봐주셨다고."

홍기수는 놀랄 만큼 예전과 똑같았다. 번쩍거리는 듯한 눈빛,

짙은 눈썹과 반듯한 이마, 그리고 말끝을 씹어 삼키는 듯한 독특한 말투까지도.

"그, 지원하신다는 돈, 그러니까 말씀하신 장학금은 규모가 어느 정도인지?"

홍기수가 만면에 웃음을 띠며 말을 이었다. 뭔가 얻어 낼 것이 있을 때 돌변하는 홍기수의 표정을 화신은 알고 있었다. 같은 또래의 교육생들에게 죽기 직전까지 기합을 주다가도 높은 사람이 오면 홍기수는 저런 표정을 지었다. 이렇게 표정 하나하나가 손에 잡힐 듯이 기억나는데도 홍기수는 화신을 알아보지 못하는 것 같았다.

"알아보지 못해?"

화신의 혼잣말에 홍기수가 고개를 갸웃거리며 화신을 쳐다봤다. 순간 화신은 저도 모르게 왼쪽 얼굴에 손을 올렸다.

"왜 그러십니까? 어디 안 좋으세요?"

홍기수가 재차 물었다.

'난 이제 열여덟 살이 아니다.'

화신은 애써 목소리를 가다듬고 태연한 척 대답했다.

"아니요, 홍기수 씨."

홍기수의 입매가 일그러졌다.

"어떻게 제 이름을 아시나요? 우리 유림이가 얘기하던가요? 집안 얘기 어디 가서 하는 거 아니라고 일러두었는데."

손가락의 상처에 대해 물었을 때 로봇처럼 대답하던 유림이 떠올랐다.

"아버지 이름이 절대 말하지 못할 집안 얘기는 아니죠, 홍기수 씨."

"유림이가 선생님한테 무슨 말을 했나요?"

살아 꿈틀대는 것 같은 홍기수의 눈빛이 화신의 얼굴을 천천히 훑었다. 화신은 예전처럼 시선을 돌리지 않았다. 노트를 들고 벌벌 떨며 검사를 기다리던 열여덟 살 자신의 얼굴이 홍기수의 눈동자 속에 비쳤다. 화신은 속으로 다시 한번 되뇌었다.

'난 이제 열여덟 살이 아니다. 나는, 이제, 어른이야.'

홍기수가 미간을 찌푸렸다.

"우리 어디서 만났나요? 낯이 좀 익은데. 혹시 성함이?"

화신은 잠시 숨을 골랐다. 그리고 조용히 대답했다.

"류, 화, 신, 이에요. 정화학교 3반 2조 10번 교육생이었어요. 오랜만이에요, 홍기수 조장님."

홍기수의 얼굴이 일순 멍해졌다. 방금 전까지 만면에 품고 있던 웃음은 온데간데없었다.

14장

망가진 재회

"류화신?"

홍기수가 물었다.

"그래, 류화신. 10번 류화신."

화신은 이름을 말할 때 하마터면 부동자세를 취할 뻔했다. 아침에 일어나서, 밥을 먹기 전에, 기합을 받을 때, 질문에 대답할 때, 그리고 아무 이유 없이, 수없이, 수없이 외치던 이름. 교육생 10번 류화신.

이제 더 이상 도망가지 않아도 된다. 화신은 시선을 거두지 않고 홍기수를 쳐다보았다.

짧은 침묵이 흐른 후 홍기수는 놀랍게도 화신에게 손을 내밀었다.

"아, 거참, 류화신 씨. 나 이렇게, 참. 어쨌든 반갑습니다. 이렇게 만나게 되네요. 참 세상이 좁습니다."

외국어 회화집에 나오는 듯한 어색한 인사였다. 화신은 저도 모르게 픽 웃었다.

"그러게요. 그런데 진짜 반갑나요?"

홍기수는 화신의 얼굴을 물끄러미 바라봤다. 그러고 보니 류화신이 맞다. 얼굴이 많이 달라진 것 같긴 하지만 눈빛과 태도는 알아볼 수 있었다. 모두들 겁에 질려 있는데 류화신은 말이 많았다. 하라는 대로 하기도 바빴던 그곳에서 토를 달고 이유를 물었다. 기수는 그런 류화신이 미친 계집애인가 싶었다. 패 주면 정신을 차릴 줄 알았다. 하지만 팰수록 정신이 나가는 것 같았다. 죽도록 얻어터지면서도 류화신은 물었다. 왜 자신이 여기에 갇혀 있어야 하냐고, 책을 가지러 학교에 간 게 잘못이냐고. 류화신은 옆 반에서 아비가 죽어 나간 뒤 운 좋게 학교를 나갔고, 그 뒤로 본 적이 없었다.

"뭐 어쨌든 다 지난 일이니까요. 그건 그렇고······."

홍기수는 말을 잇기가 어려웠다. 짜증이 솟구쳤다. 말을 채 끝내기도 전에 화신이 끼어들었다. 앞뒤 분간 못 하고 말 끊는 버릇도 여전한 모양이었다.

"맞아요. 다 지난 일이에요. 그런데 저한테 말할 때 목소리는 좀 크게 해 주세요, 홍기수 씨. 제가 그때 너무 맞아서 왼쪽 귀가 안 들려요."

홍기수가 움찔했다. 화신이 반사적으로 한 걸음 뒤로 물러났다.

"아, 귀가 그렇게 되었나요? 뭐 그때는 험한 시절이었으니까. 어쨌든 지금은 잘되었네요. 이렇게 어엿한 가게도 차리고."

아무리 세월이 흘렀다고 해도 류화신 앞에서 존댓말을 해 가며 주눅이 들다니 홍기수는 기분이 엿 같았다. 그러면서도 옛날 일을 빌미로 이 여자가 협박이나 하지 않을까 한쪽 구석에서 스멀스멀 걱정이 일었다.

화신은 기다렸다는 듯 대답했다.

"네. 굉장히 잘되었어요. 홍기수 조장님 밑에서 교육을 잘 받아 어디 가서도 지지 않고 잘 살았거든요. 근데 홍기수 씨는 아닌가 봐요?"

"무슨 말입니까?"

홍기수가 물었다.

"거기 나간 후 잘되지 않은 것처럼 보여서요."

화신이 홍기수를 똑바로 쳐다보았다.

'감히 눈을 치켜뜨고 나를 쳐다봐?'

홍기수는 손이 올라갈 뻔한 걸 꾹 참았다. 여기는 학교가 아니다.

"그만둡시다. 장학금 얘기할 거 아니면 나는 집에 가겠습니다. 바쁜 사람 불러다 놓고 지금 뭐 하는 겁니까?"

홍기수가 쏘아붙이고 일어섰다. 화신이 돌아서는 홍기수를 향해 대꾸했다.

"바빠요? 왜요? 밤낮으로 애 때리느라고?"

홍기수가 휙 뒤를 돌아봤다. 홍기수의 눈은 어느새 열여덟 살의 그 눈으로 돌아가 있었다.

15장

너의 이유

어깨 인대가 끊어졌다고 했다. 철심을 박고 수술을 해야 한다고, 코뼈도 부러졌고 영양실조도 심각하다고 했다. 주호와 화신은 나란히 수술실 앞에 앉아 있었다.

"이제 어떻게 해요?"

주호가 물었다.

"다시는 유림이 옆에 발도 못 붙이게 해야지."

화신이 대답했다.

"쟤는 병원 나오면 어떻게 살죠?"

화신은 대답 없이 긴 한숨을 쉬었다.

바다가 보이는 섬에서 살던 시절, 학교 선생님들이나 동네 사람들은 주호에게 묻곤 했다.

"할머니 돌아가시면 너 어떡하냐?"

주호는 그런 말을 들으면 웃음이 나왔다. 할머니가 주호를 돌보고 있는 것이 아니었다. 주호는 할머니만 없으면 날아갈 수 있을 거라고 생각했다. 거동도 하기 힘들고 종종 정신 줄을 놓는 할머니는 살아야 할 이유도 즐거움도 아무것도 없는데도 질긴 목숨을 이어 가고 있는 것처럼 보였다.

마침내 할머니가 아흔을 넘긴 지 3년이 지나 맥없이 돌아가셨을 때 주호는 울지 않았다. 할머니가 살아 있는 내내 그토록 냉랭하던 고모는 울지 않는 주호를 보고 독한 놈이라며 욕을 하고 또 했다. 마치 할머니가 주호 때문에 돌아가셨다는 듯이. 아무런 미련도 없이 그곳을 떠나왔다.

혼자 사는 것이 편했다. 할머니와 함께 살던 시절은 혼자 사는 것도 같이 사는 것도 아니었다. 학교에서 돌아오면 가난한 애들한테 나누어 준 컴퓨터로 재미도 없는 게임을 날이 새도록 했다. 학교 가서는 줄곧 잠만 잤다. 할머니도, 고모도, 학교도 없이 낯선 도시에서 혼자가 되었을 때 주호는 자유로웠고 편했다. 할머니가 실수해 놓은 이불이 없는 것도 편했고, 끼니를 챙겨 줘야 할 사람이 없는 것도 편했다. 삼각김밥에 컵라면으로 끼니를 때우고 아무 데나 들어가 누울 때 주호는 자유로웠다. 태어날 때부터 외로워서 외롭지 않은 것이 무엇인지 알지 못했다.

주호는 생각했다. 아마, 홍유림 저 아이도 자기와 비슷할 것이다. 혼자가 되면 편할 것이다. 할머니는 최소한 주호를 때리진 않았다. 어쩌면 홍유림은 혼자가 되면 그때의 자신보다 훨씬 행복할 것이다.

수술이 끝나고 화신이 법적인 문제를 해결하기 위해 뛰어다닐 동안 유림의 곁을 지키는 것은 주호의 몫이었다. 예상은 했지만 홍유림에게는 정말 완벽하게 아무도 없었다. 엄마는 처음부터 존재하지 않는 사람이었고 친척도, 친구도 없었다. 홍유림은 꼭 우주에서 떨어진 외계인 같았다. 오지 말았어야 할 별로 불시착한 외계인.

"어쨌든 주호야, 선생님은 이 일 저 일로 많이 바쁠 것 같아. 유림이 챙기는 건 네가 좀 해 줬으면 좋겠어. 당분간 서원은 닫아 두자."

병원에서는 먹고 자는 것 말고는 할 일이 없었다. 주호는 서원에 있는 책을 유림에게 갖다 주고, 밥때마다 식판을 날랐다. 유림은 주호가 갖다 준 책을 열심히 읽었다. 그 옆에서 주호는 만화책을 읽었다. 별로 할 말이 없었다. 입원한 병실의 아줌마들이 주호를 보고 칭찬을 했다.

"아이고 오빠가 멋있네. 여동생 간호도 저렇게 해 주고."

주호는 그냥 웃기만 했다.

화신은 바빴다. 유림의 의사를 만나고 사람들을 데려와 유림과 상담을 하게 했다. 그들은 유림이 언제부터 얼마나 어떻게 맞앉는지 자세히 물었다. 때리는 것 말고 다른 짓을 하진 않았는지 묻기도 했다. 유림은 아빠가 하지 않은 것에 대해서만 대답했다. 아빠는 욕을 한 적이 없고, 몸을 만지거나 아빠 몸을 만지라고 한 적이 없다고 했다. 아빠가 한 것에 대해서는 대답하지 않았다. 사람들은 난감한 얼굴로 돌아가곤 했다. 화신은 유림에게 이래라저래라 하지 않았다. 주호는 그런 화신도 답답했다.

"선생님이 좀 얘기해 보셔야 되는 거 아닌가요."

병원 식당에서 저녁을 먹으면서 화신에게 말해 보았다. 화신은 첫 끼니인 것 같은 밥도 먹는 둥 마는 둥 하고 있었다.

"자세히 말할 수는 없지만, 유림이 아빠는 옛날에 내가 알던 사람이야."

"정말요?"

주호가 놀라서 물었다.

"응. 별로 좋은 인연은 아니고……. 하여튼 15년을 홍기수 밑에서 살았다면 나도 저랬을 거야."

화신은 한숨을 쉬었다.

"아니, 나는 저러지 못했을 거야. 아마 정상이 아니었겠지. 유림이가 대단한 거야."

화신이 말을 이었다.

"사실 유림이가 다 말한다고 해도 지금 법으로는 쉽지가 않아. 어쨌든 다쳤을 때 꼬박꼬박 치료도 했고 보호를 한 건 사실이니까. 애가 죽어 나가도 과실치사로 처리되는 경우가 허다하거든. 더구나 유림이한테는 유일한 보호자고."

"보호자요?"

"그래, 보호자."

하기야 할머니와 고모도 명목상으로는 주호의 보호자였다.

화신이 쓴웃음을 지었다.

"어쨌든 법적으로는 그래. 일단 열심히 알아보고는 있는데 친권을 박탈하기에는 모든 조건이 부족해. 그나마 구속 수사라도 된 게 감지덕지할 정도니까."

화신은 밥숟가락을 놓기 무섭게 다시 누구를 만나야 한다며 나갔다. 주호는 병실로 돌아왔다. 유림은 책을 읽고 있었다.

"밥 먹을 때 못 도와줘서 미안. 힘들진 않았어?"

"이제 숟가락 들 만큼은 팔 올라가. 걱정하지 마."

유림이 웃으며 대답했다. 유림의 목소리는 그 멧돼지의 소리와 비슷하게 들렸다. 귀에서가 아니라 마음에서 울리는 소리. 왜 자신에게 유림의 목소리가 그렇게 들리는지 주호는 알 수 없었다.

유림이 보는 책은 서원에서 즐겨 보던 그 책이었다. 그 책에 끼워진 노트 한 장을 들고 안절부절못하던 화신이 떠올랐다. 주호는 물었다.

"너, 아빠가 무서운 거냐, 좋은 거냐?"

유림은 대답하지 않았다.

"나는 세상 모든 일에는 이유가 있다고 믿고, 이유가 있는 일에만 움직이는 편이야. 할머니가 돌아가셨을 때 나는 울지 않았어. 사람들은 나보고 독한 놈이라고 했지만 나는 울지 않은 이유가 있어서 괜찮았어. 할머니도 아마 괜찮았을 거야."

유림이 고개를 들고 주호를 쳐다봤다.

"네 아빠가 너한테 잘못한 얘길 안 하는 것도 이유가 있겠지. 나나 선생님이 모르는 너희 집만의 사정이 있을 수도 있고. 할머니 돌아가셨을 때 울지 않은 나처럼 말이야. 그런데 사실…… 나도 잘 모르겠다."

주호는 자신에게는 무척 길었던 말을 힘겹게 끝냈다. 어떻게 해야 할지 알 수 없었다. 줄곧 혼자 살아오다시피 한 주호는 다른 사람과 얽힐 일이 없었고 자기 자신을 간수하기에도 바빴다. 타인의 문제를 해결하거나 도울 능력이 자기 안에 과연 있는 것일까 의문이었다. 지난 열여덟 해의 인생에서는 경험해 본 적이 없는 어려운 과제였다. 문득 고모가 생각났다. 섬에 있을 때 단 한 번도 찾아오지 않았고, 같이 살 때도 할머니를 제대로 쳐다본 적 없으면서 장례식 때는 누구보다 서럽게 울던 고모 말이다. 유림이나 홍기수도 그런 것일까, 주호는 생각해 봤다. 그러나 역시 알 수 없었다.

16장

아버지

홍기수는 구속되어 구치소에 갇혔다. 홍기수는 자신에게 벌어
지는 일을 받아들이기 힘들었다. 그날 류화신의 대갈통을 부숴
놓고 싶었는데도 무서운 인내심으로 참은 것은 이런 결과를 위
해서가 아니었다. 홍기수는 이 말도 안 되는 상황에 기가 질려 한
동안 공황상태에 빠졌다.

홍기수는 자발적으로 아버지의 길을 선택한 사람이었다. 결혼
도 안 한 남자가 자식을 거두어 길렀다. 물론 자식을 엄하게 가르
친 아버지이긴 했다. 그런데 구속이라고 했다. 치과에 가라고 했
더니 이상한 곳에 기어들어 가 이상한 연놈들을 끌고 들어온 유
림을 생각하면 홍기수는 자다가도 벌떡 깼다. 온몸이 근질근질
했다. 때리고 싶었다. 지근지근 밟고 머리채를 잡아서 벽에다 짓

찧고 숨도 못 쉴 만큼 발로 차 주고 싶었다. 그럴 수만 있다면 속이 좀 풀릴 것 같았다.

깨진 병으로 엄마를 죽인다고 설치던 아버지를 그 병으로 찔렀을 때, 죽을 줄은 몰랐다. 사람이 그렇게 쉽게 죽는 거였으면 기수나 엄마는 수십 번도 더 죽었을 것이다. 전깃줄에 목이 감기고 소주병이 몇 개나 박살나도록 맞아도 죽기는커녕 며칠 앓아눕지도 못한 세월을 10년 넘게 살았다. 그런데 거짓말처럼 딱 한 번 휘두른 병에 아버지가 죽었다는 것이다.

수감된 지 반년이 지나도록 아무도 면회를 오지 않았다. 엄마는 아버지를 싫어하는 것만큼 기수를 싫어했다. 엄마가 왜 자신을 싫어하는지, 아버지가 자식들 중 왜 유독 자신에게만 가혹하게 구는지 기수는 알 수 없었다. 유일한 목격자였던 엄마는 입을 꼭 다물었다. 아버지가 엄마를 죽이려고 했고, 자신이 보는 앞에서 엄마 옷을 다 벗기고 밟아 댔다고 이야기했지만 어른들은 그저 병을 들었을 때 진짜 아버지를 죽일 마음이 있었는지만 캐물었다. 아버지를 죽이고 싶었냐고 묻다니 어이가 없었다. 당연히 죽이고 싶었다. 매순간, 일분일초도 빼놓지 않고 죽이고 싶었다. 아버지가 자신의 아버지이게 만든 이들도 다 죽여 버리고 싶었다. 기수는 아버지만큼이나 엄마도 증오했다.

먼저 수감된 사람이 기수에게 몇 마디 했다가 초주검이 되어 실려 나간 뒤로는 같은 방 누구도 기수를 건드리지 않았다. 과거도 미래도 현재도 없는 것 같은 무의미한 하루하루가 흘러갔다. 어느 날, 그곳에 높은 사람이 찾아왔다. 체력이 좋고 싹수가 있는 애들을 뽑아 어디로 데려간다고 했다. 한두 달 훈련을 잘 받고 성적이 좋으면 전과 기록도 없애 주고 나라를 위해 일하게 해 준다고 했다. 제대로 살 수 있을지도 모른다는 희망이 처음 생겼다.

"비록 한순간의 실수로 잘못된 인생으로 접어들었지만 너희는 이제 국가의 부름을 받은 몸이다. 우리나라는 아직도 전쟁 상태나 다름없다. 너희가 가게 될 곳에는 우리나라를 무너뜨리고 적을 이롭게 하려고 했던 폭도들이 있다. 그놈들을 단단히 정신 개조해서 새 나라의 일꾼으로 만드는 것이 국가의 목표다. 너희가 얼마나 모범적으로 생활하느냐에 따라 그들의 생각도 달라질 것이다. 너희가 보여 준 모습을 국가는 절대로 잊지 않을 것이다."

기수가 들어간 반에는 또래의 남녀 교육생 열다섯 명이 배치되어 있었다. 들어간 지 일주일 만에 조장이 되었다. 2조 다섯 명을 맡았다. 모두 부모 잘 만나 공부 잘 하다가 대가리에 이상한 물이 들어서 나라를 망치려 한 연놈들이라고 했다. 기수는 누구보다 열심히 했다. 우리나라가 얼마나 좋은 나라인지 수업도 열심히 들었고 쓰라는 것도 열심히 썼다. 학교의 교장이었던 박 대령에게 칭찬도 받았다. 사람은 그렇게 근성 있게 사는 거라고 했다. 자기 힘으로 자기 미래를 개척하는 거라고. 힘없고 의지도 없는 놈들이 나라 탓하고 대통령 탓하는 거라며 너 같은 사람을 보고 배워야 한다고 어깨를 두드렸다. 교육생들 앞에 기수를 세워 놓고 본받으라고 연설을 하기도 했다. 누구에게 인정받고 칭찬받는 것이 그렇게 좋은 일인지 처음 알았다. 더욱 열심히 했다. 그렇게 열심히 하는데 조원들이 제대로 못 해서 지적을 받을 때는 머리 끝까지 화가 났다. 그래도 좋은 시절이었다.

아마 일은 15년 전부터 잘못되었을 것이다. 멍청하기 그지없고 어딜 봐도 예쁜 구석이라고는 없던 여자가 아이를 데려왔다. 자신의 아이라고 했다. 삼류 드라마 같은 이야기였다. 무엇 때문에 그 아이를 받아 길렀던가. 책임감 때문인가. 아버지처럼 살기가 싫어서였는가. 그때 홍기수는 고작 스물여덟 살이었다. 젊은 나이에 혹같이 붙은 딸년을 데리고 살면서 쌍욕 한 번 한 적 없었다. 날마다 계획표 짜서 공부시키고 잘못된 일에는 매를 들어 가며 키웠다. 조금도 자신을 닮지 않아 굼뜨고 시킨 것에서 늘 얼마간 모자라게 일을 해 놓아 천불이 나게 만들던 그 계집애를 키운 결과가 고작 이것이었다. 부귀영화를 바라지 않았다. 그저 국가를 위해 일했고 고아가 돼 마땅한 계집애를 성의껏 길렀다. 그런데 그렇게 벗고 싶었던 죄수복을 또 입게 된 것이다.

화신이 구치소로 찾아왔다. 홍기수는 화신의 목을 부러뜨리고 싶은 충동을 느꼈다.

"재판 준비하면서 홍기수 씨에 대해 많이 들었어요."

화신이 딱딱하게 말했다.

"그때 홍기수 씨도 어렸으니까, 많이 망가졌을 거예요. 폭력이 심한 아버지가 있었……."

"개소리 집어치워. 누가 네 멋대로 남의 뒷조사 하랬어!"

홍기수가 으르렁거렸다. 하지만 이내 옷매무새를 가지런히 하고는 머리를 쓸어 올리며 의자를 끌어당겼다. 다소 수척해진 얼굴로 홍기수는 고해성사라도 하는 것 같은 말투로 이야기했다.

"이것 봐요, 류화신 씨. 무엇 때문에 남의 가정일에 끼어들어서 사서 고생을 하는지는 모르겠어요. 하지만 어쨌든 아픈 내 딸 보살펴 주고 병원비까지 대주고 있다니까 정말 고맙게 생각해요."

화신이 홍기수의 말을 끊었다.

"그 딸이 왜 아픈지는 잊어버린 것 같네요?"

홍기수가 입꼬리를 올리며 웃었다.

"듣자 하니 아직 결혼도 못 했고 자식도 없다면서? 하기야 네 성격이 그리 만만치는 않았어. 너같이 드센 년을 누가 좋아하겠어. 여튼, 뭐 그 얘긴 관두고. 넌 자식 안 키워 봐서 그게 어떤 건지 모르겠지."

화신이 홍기수를 바라보며 대답했다.

"그래, 결혼도 안 했고 자식도 없어. 근데 널 보니 아쉽지는 않네. 자식이 있다고 사람이 달라지진 않는 것 같아서."

홍기수가 헛기침을 했다.

"류화신 씨, 내 말 좀 들어 봐요. 거기 그 학교 새 나라 정화학교 말이야. 그 학교 사람들 중에도 나중에 입신양명의 길로 접어든 사람이 참 많아요. 나도 좋은 자리 하나 얻어 갈 기회가 있었지. 근데 내가 다 포기했어요. 미혼부 압니까, 미혼부? 미혼모 말고 미혼부라니까 내가. 요샛말로 싱글대디라고 하더만요. 책임감 없으면 아무나 할 수 없는 일이에요. 나도 유림이 고아원에 집어넣고 훌훌 가 버리면 얼마나 편했겠어요. 근데 내가 꼬박 15년을 걔를 길렀다고. 우리 집 뒷조사를 했어? 난 네가 생각하는 그런 사람 아니야. 내가 망가졌다고? 내가, 이 애국자 홍기수가? 류화신 씨도 뉴스 같은 거 많이 봐서 알겠지. 애비가 딸년이랑 한방에 둘이만 살면 뭐지, 그 입에 못 담을 뉴스도 많이 있잖아? 나는 유림이 옷 갈아입는 것 본 적도 없고 다섯 살 이후로는 목욕도 한 번 안 시켰다니까. 내가 그런 사람이야. 하도 멍청하고 미련하니까, 지 에미 닮아서 사람 구실 못할까 봐 공부를 시켰지. 애국하느라 바쁜 내가 말이야, 문제집 채점하고 계획표 짜 주고 별 거지 같은 짓을 다 했어. 자식 가르치다 보면 몇 대 쥐어박기도 하잖아. 다들 그렇게 안 키우나? 응? 물론 다른 집처럼 좋은 집에 좋은 옷에, 그렇게 키우진 못했지. 그래도 나는 한다고 했다고. 근데 지금 나를 봐. 내가 지금 어디 있는시 보라고!"

홍기수가 소리를 질렀다. 눈에 벌건 핏발이 가득했다.

화신이 벌떡 일어섰다.

"몇 대 쥐어박았다고? 어깨 인대가 끊어지고 코뼈가 주저앉았어. 다리랑 팔이 부러진 적도 있지. 어금니가 빠져서 임플란트를 해 넣어야 한대. 영양실조 때문에 또래보다 키가 20센티는 작아. 수술하고 병원에 있는 동안 몸무게가 3킬로나 불었는데도 아직 40킬로가 되지 않아. 그게 15년 동안 네가 니 딸한테 한 짓이야."

화신이 붉어진 두 눈을 깜박거렸다.

"네가 아버지란 말을 입에 담다니 동네 개가 웃겠어. 아버지는 말이야. 네가 아는 그런 게 아니야. 마흔도 안 돼 돌아가신 우리 아버지…… 우리 아빠……."

화신은 말을 잇지 못했다.

아빠. 낡은 자전거를 몰던 뒷모습. 고등학생이 된 딸을 우리 애기라고 부르던.

'우리 애기가 시험이 얼마 안 남아 가지고. 얘가 공부를 잘해서요.'

총검 든 군인 앞에서 공부 잘하는 딸 이야기를 하던 아버지가 떠올랐다.

"공부를 잘한다고 하면 군인이 봐줄 줄 알았나……."

홍기수가 화신을 보며 피식 웃었다.

"너, 아직도 혼잣말하는구나? 아직도 미쳐 있어. 그래 니 애비. 니 아버지 죽은 이유를 니가 몰라? 시장에서 채소나 팔던 새끼가 주제넘게 폭도질을 하니까 뒈진 거지. 아버지가 그런 게 아니라고? 너 같은 년이 뭘 안다고 떠들어. 니 애비도 네년 때문에 죽은 거 아니냐고. 너 본다고 담 넘다가 총 맞아서 죽은 거잖아. 그래서 나도 내 딸년 땜에 죽으란 이야기냐?"

애써 참던 눈물이 폭발하듯 흘러내렸다. 화신은 허벅지를 아프게 꼬집었다.

"아버지, 죽었지. 나 때문에. 아니 너 때문에. 나 때문에."

"시끄러 류화신. 니가 잘 모르는 것 같은데 내가 지금 일하는 데가 만만한 단체가 아니야. 뭐 판사, 검사, 정치하는 사람들도 잘 보이려고 굽실굽실 인사 오고 그런 데 있거든, 내가. 장유유서나 군신유의, 부자유친, 이런 거 되게 많이 따지는 곳이야. 지금 나 도와주려는 사람들이 줄을 섰어. 우리나라가 애비가 딸년 좀 혼냈다고 감옥살이시키는 나라냐? 효를 제일 중시하는 우리나라가? 너도 교육받을 때 열심히 배웠잖아. 부모에게 효도하자. 나라에 충성하자. 조장한테 충성하자."

화신이 눈물을 닦았다.

"그래, 많이 배웠지. 너한테 잘 보여서 기합 안 받으려고 노력하고 노력했지. 난 망가졌어. 그래도, 너만큼은 아니야."

화신은 그렇게 말하고 뭐라고 대꾸하려는 홍기수를 두고 나가 버렸다.

홍기수는 멍하니 앉았다. 무서운 눈으로 자신을 보며 죽어 가던 아버지가 떠올랐다. 유리창에는 열일곱 어느 날, 자신이 찔렀던 그 아버지가 수인의 옷을 입고 앉아 있었다.

17장

나는 이유가
없다

상처가 아물지 않은 코와 어깨가 아직도 아팠다. 그래도 시도
때도 없이 잠이 왔다. 할 일이 없는 낮과 잠이 잘 오는 밤이 여러
날 지나갔다. 처음이었다.

주호가 이유 이야기를 한 후 유림은 계속 생각했다. '이유'가 있
다. 세상에는 '이유'라는 게 있다. 모든 일에 '이유'가 있다. 유림은
그런 생각을 해 본 적이 없다. 아빠가 자신을 때리는 이유, 엄마가
자신을 낳고 아빠에게 버린 이유, 자신이 태어난 이유가 진짜 있
을까? 유림이 살았던 세상에 이유는 없었고 없는 것이 마땅했다.

주호가 이유 이야기를 한 후 유림은 많은 것을 물었다. 책을
읽다가 주인공의 행동이 이해가 안 되면 물었다. 병원에 있는 다
른 사람이 누군가에게 따지거나 화를 내도 이유를 물었다. 주호

가 머리를 왜 짧게 깎는지 물었고 화신 선생님이 왜 사람도 많이 안 오는 북카페를 열고 있는지, 그리고 무엇보다 왜 자신을 도와주는지 물었다. 주호는 최대한 자세하게 모든 일의 이유를 설명해 주려고 애를 썼다. 과연 웬만한 일에는 다 이유가 있었다. 유림은 주호에게 이유를 묻고 그 답을 들을 때마다 마음이 편안해졌다. 자신한테만 뚱딴지같던 세상이 그렇게 제멋대로인 곳은 아니라는 것을 알고 나니 희망 비슷한 것이 생기는 것 같기도 했다.

"이 책, 지난번에 네가 되게 열심히 읽던 그 작가가 쓴 책 같아서 가져왔어."

서원에 다녀온 주호가 책을 내밀었다.

『모든 것이 밝혀졌다』, 조너선 사프란 포어.

"이 사람 책 제목은 다 이상한 것 같아. 지난번에 네가 읽은 책은 되게 긴 제목 아니었냐?"

"엄청나게 시끄럽고 믿을 수 없게 가까운?"

말을 할 때마다 코에 붙어 있는 커다란 반창고가 움직였다.

"응, 그거. 네가 그거 읽고 있을 때 참 안 어울린다고 생각했어."

"왜?"

"너 진짜 '왜'가 입에 붙었구나. 제목이 너랑 너무 안 어울리잖아. 너는 시끄럽고 가까운 거하고 거리가 먼 애니까. 지금은 좀 말이 많아지긴 했지만."

얼마 되지도 않았는데 너무 옛날이야기 같다. 처음 겨울의 서원에 가서 그 책을 펼치던 순간이, 처음 마셔 본 핫초코가 떠올랐다. 책을 넘겨 보던 유림이 넘기는 걸 멈추었다. 누군가 밑줄을 그어 놓은 부분이 눈에 띄었다. 널 사랑한다는 말이 쉼표도 없이 마침표도 없이 띄어쓰기도 없이 무수히 반복되고 있었다. 자신의 아기를 살리기 위해 친구를 죽게 만든 사람의 이야기였다. 친구가 죽는 걸 보면서 자신의 아기에게 끝없이 사랑한다는 말을 되뇌는 부분이었다.

"이 책 오빠가 읽은 책이야? 밑줄이 그어져 있네."

"선생님 책이야. 선생님은 책 읽다 밑줄을 많이 긋더라고."

선생님은 여기에 왜 밑줄을 그어 놓았을까. 누구를 사랑했던 것일까. 누가 죽기라도 했던 것일까.

어떤 사람은 이렇게 아기를 사랑한다. 사랑한다는 말을 죽을 때까지 할 정도로, 친구를 죽게 만들 정도로 자신의 아기를 사랑하는 것이다. 그리고 어떤 사람은 다른 사람이 그토록 사랑하는 아기를 죽게 만들 정도로 무섭다. 불을 지르고, 사람에게 총을 겨누는 것이다. 유림은 한동안 주호에게 들었던 세상의 모든 이유들이 앙상해지는 것 같았다.

18장

지난여름
어느 날

P시에 전에 없는 활기가 돌았다. 오랫동안 그린벨트로 묶여 있던 지역에 개발이 시작됐다. 마침 선거가 얼마 남지 않았다. 여기저기서 선심성 공약이 남발됐다.

산 밑에 둥지를 튼 가난한 사람들과 산 안에 둥지를 튼 가련한 짐승들을 빼면 모두가 행복한 듯했다. 마리산 산기슭에 살벌한 플래카드들이 나붙기 시작했다.

'개발 전에 다 죽여라.'

'찢어 죽이자 ○○건설!'

'눈에 흙이 들어가도 고향은 못 떠난다!'

펄럭거리는 플래카드들이 무색하게 산기슭 아래 집들은 하나둘씩 비어 갔다.

마을을 둘러보던 남자들이 담배를 피우며 마리산을 올려다
봤다.

"벌써 많이 올랐지?"

"암요. 평당 100씩은 벌써 올랐죠."

"언제 밀기 시작하지?"

"늦어도 3월쯤이면 시작할걸요."

"아이고, 여기도 이제 좀 깨끗해지겠네. 구질구질하고 골칫덩
어리였는데 말이야. 여기 사는 사람들 때문에 주민센터 업무가
배는 많다니까."

"그러니까요. 이 산도 보기보다 험한 산이에요. 멧돼지도 살잖
아요. 지난 12월에는 전철역에 멧돼지가 나타나서 전국 뉴스에도
나오고 난리였어요. 저어기 보이는 저 집 말이에요. 작년 여름에
는 저 집 앞까지 새끼 돼지들이 내려왔다니까요."

젊은 남자가 유림네 집 쪽을 가리켰다.

"저기 저 벽돌집?"

"예, 저 집. 저 지하방 남자가 그날 그 돼지들 싹 잡았죠. 작년에
기초생활수급자 조사하러 나왔다가 아주 못 볼 꼴 봤죠."

그날은 더운 날이었다. 바람 한 점 없어서 가만있어도 숨이 차
오르던 한여름 늦은 오후, 주민센터 직원이 산 189번지를 찾았
다. 마리산 기슭 바로 아래 마지막 주택이라 직원은 기진맥진했

다. 무서울 만큼 깨끗하게 정돈된 지하방에서는 여자애가 공부를 하고 있었다. 그 더운 날, 땀 한 방울 흘리지도 않고 아버지와 이야기하는 낯선 사람을 쳐다보지도 않았다. 남자는 얼음물을 직원에게 건네고 더운 날 나라 위해 일한다며 공치사를 아끼지 않았다. 남자에게서 싸구려 스킨 냄새가 진동을 했다.

일이 끝나고 더운 날씨를 푸념하며 밖으로 나왔을 때 직원과 남자는 멧돼지를 발견했다. 강아지처럼 올망졸망한 멧돼지 세 마리였다. 처음 보는 광경에 직원은 어쩔 줄을 몰랐다. 멧돼지 쪽도 당황한 듯 보였다. 사람을 보고 잠시 어정쩡하게 서 있던 멧돼지들은 깨달았다는 듯 산 쪽으로 발걸음을 옮겼다. 직원은 이유모를 안도의 한숨을 쉬었다. 그때였다. 직원을 배웅한다며 나섰던 남자가 어디선가 삽을 들고 와 새끼 멧돼지들을 향해 뛰어갔다. 미처 말릴 틈도 없었다. 남자는 금세 멧돼지를 따라잡았다.

"그런 일이 있었어?"

담배를 비벼 끈 남자가 놀라며 물었다.

"뉴스에는 대충 40대 시민이 멧돼지를 잡았다고만 나왔을 거예요. 근데 끔찍하기가 말도 못 할 정도였어요. 아직 어린놈들을 얼마나 피떡이 되게 두들겨 패 놨는지 차마 볼 수가 없더라고요. 그 뒤로 악몽도 몇 번이나 꿨다니까요. 여튼 이 동네고 산이고 싹 밀어 버려야 돼요. 영 몹쓸 곳이야."

이제 곧 헐릴 마리산 산기슭 동네에는 아직 저녁이 되면 고단한 불들이 켜지고 사람 사는 냄새가 흘러나왔다. 하지만 동네 끝에 있는 벽돌집 지하방에는 통 불이 켜지지 않았다. 그 집 근처에는 밤마다 그림자가 어른거렸다. 그 방의 주인이었던 한 남자에게 어린 새끼들을 도륙당하고, 지금은 먹지 못해 비쩍 말라 버린 멧돼지의 그림자였다.

산바는 홍기수를 진작 알아봤을 것이다. 어쩌면 그 방에서 유림이 얻어맞고 있는 것을 처음 본 날이었을지도 모른다. 머릿속에서 알기 전에 몸이 먼저 알아봐서 그렇게 온몸의 털들이 올올이 일어서고 송곳니가 부르르 떨렸던 것인지도. 산바가 살냄새와 피 냄새 속에서 맡았던 역겨운 냄새는 홍기수의 냄새였다. 자식들의 살 조각과 핏자국을 발견했을 때 산바는 궁금했었다. 어떤 짐승도 다른 짐승을 이런 식으로 죽이지 않는다. 이렇게 다 으깨질 정도로 일부러 죽여 놓는 일은 없다.

"돌아와라. 얼른, 돌아오기만 해라."

산바에게는 겨울이 끝나는 것도 봄이 오는 것도 중요하지 않았다. 그저 지하방의 주인이 돌아오면 그걸로 됐다고 생각했다. 겨울이 지나면 봄이 오겠지만 마리산에게도, 자신에게도 봄은 없다는 걸 산바는 알고 있었다.

19장

낯선 방의
저녁

퇴원을 하고 유림은 집으로 돌아왔다. 아빠는 재판이 끝나기 전까지 집에 못 온다고 했다.

"정말 괜찮겠니? 나는 우리 집에 같이 갔으면 좋겠는데."

화신이 말했다.

"괜찮아요. 집이 편해요."

그리고 멧돼지가 있어요, 라고 유림은 덧붙일 뻔했다.

"주호가 기름 사 오면 보일러부터 돌리자."

화신은 말을 마치고 좁은 방 안을 휘휘 둘러보았다. 그러다가 구석에 세워진 당구봉을 보더니 낯빛이 변해 벌떡 일어섰다.

"안 되겠다. 이것부터 치우자. 하루를 지내더라도 이렇게 지낼 순 없지."

밖에서 인기척이 들리더니 주호가 성큼 들어왔다.

"마침 잘 왔다. 나 마트 좀 다녀올게. 청소하고 있어."

화신이 당구봉을 들고 나갔다.

병원에 머물렀던 시간은 2주 남짓이었는데 참 많은 것이 변해 있었다. 아무도 없던 옆에 누가 있었다. 먹는 것과 입는 것을 챙겨 주는 사람이 있었고, 끼니마다 국도 먹었고, 무엇보다 아무도 때리지 않았다. 유림은 꿈속에 있는 게 아닐까 멍해질 때가 많았다. 꿈이라면 오래도록 깨지 마라.

"보일러 스위치 어딨어?"

주호가 보일러를 돌려 놓고 부엌에 가서 걸레를 빨아 왔다. 방 바닥과 창틀에 그동안 쌓인 먼지를 닦으면서 주호가 말했다.

"이렇게 소름 끼치게 정리가 된 집은 처음 봤다."

유림은 새삼 낯선 눈으로 좁은 방을 둘러보았다. 아빠의 외투들이 옷 가게의 옷처럼 가지런히 걸려 있다. 옷걸이나 옷장에 유림의 옷은 거의 없었다.

책꽂이의 책들은 높이와 색깔이 맞춰져 꽂혀 있다. 벽에는 아빠가 복잡한 이름의 협회나 단체에서 받은 감사장, 임명장, 높은 사람과 같이 찍은 사진이 걸려 있었다. 모두 검은 테두리를 한 같은 액자다. 액자들은 모여서 정확한 정사각형을 이루고 있었다.

서랍장 안에는 양말과 속옷이 30개의 우유갑 안에 들어 있을 것이다. 양말은 오각형, 속옷은 직사각형 모양으로 접혀 있어야 한다. 유림은 여섯 살 때부터 아빠가 가르쳐 준 대로 옷을 접어 넣는 법을 배웠다. 주워 온 우유갑을 맑은 물로 여러 번 씻고 햇볕에 말리고 오려서 서랍장 안에 넣는 일도 한 달마다 되풀이되는 유림의 일이었다. 지금까지 유림이 살아온 방은 늘 한결같았다. 이사를 해도 항상 똑같은 위치, 똑같은 장소에 물건을 놓았다. 책장 안의 파일에는 숙제 공책, 이틀에 한 번씩은 쓴 반성문이 빼곡할 것이다. 유림은 눈을 감고도 세 번째 서랍에서 아빠 회색 양말을 찾을 수 있다.

그런 이 방에 다른 사람이 들어온 것이다. 유림은 방이 낯설었다. 주호가 걸레질을 끝내더니 집의 물건을 치우기 시작했다. 유림은 겁먹은 목소리로 말했다.

"그냥 둬. 아빠가 자기 물건 손대는 거 엄청 싫어해."

주호는 아무 대답도 없이 커다란 박스에 물건들을 뭉텅뭉텅 담았다.

"그냥 두라니까!"

주호가 뒤를 돌아보고 한마디 했다.

"니네 아빠 못 와. 걱정하지 마."

대부분의 물건을 박스에 옮겨 담았을 때 화신이 커다란 봉투를 양손에 들고 들어왔다. 그리고 빠른 속도로 방을 채워 나가기 시작했다. 한쪽 벽에 연노란색 벽지를 붙였다. 창에 커튼을 달았다. 작은 꽃무늬가 수줍게 박힌 도톰하고 하얀 커튼이었다. 책장

위에 빨간 화분이 놓였다. 연둣빛 잎사귀가 싱그럽다. 맨날 명심
보감을 쓰던 책상 위에는 책상보를 깔았다. 서원에 있는 것과 똑
같은 까만 스탠드도 놓았다. 예쁜 노트들을 꽂고 나무로 된 연필
꽂이에 색색의 펜들을 꽂았다. 연한 하늘색 이불과 베개가 놓였
다. 옷걸이에 옷을 걸었다. 보라색 스웨터, 남색 치마, 녹색 코트,
그리고 포근한 잠옷.

"어때? 이제 좀 괜찮지?"

화신의 지휘에 따라 이것저것 부지런히 거들던 주호가 바뀐 방
을 보고 웃었다.

"선생님은 서원 운영보다 인테리어 쪽이 더 적성인 것 같아요."

"나도 그렇게 생각해. 이런 거 할 때가 제일 신나. 근데 좀 배
가 고프네."

주호가 스파게티를 만들었다. 좁은 밥상 위에 윤기 나는 주황
색 스파게티 세 접시를 놓고 머리를 맞대고 먹었다.

스파게티는 맛있었다. 쫄깃쫄깃하고 부드러웠다. 그리고 따뜻
했다. 새콤하고 달콤하고 고소하고, 숲에 갔을 때 맡아 본 것 같
은 향이 났다.

"맛있어요."

유림이 말했다.

"알아."

주호가 말했다.

"즉석 스파게티 하나 해 놓고 뭘 그리 우쭐해. 은근히 뻔뻔하다, 너."

화신의 말에 주호가 웃었다.

"선생님한테 배운 거예요. 매사에 자신감."

"자신감에는 반드시 근거가 있어야지."

화신이 스파게티를 오물거리며 덧붙였다.

유림은 웃었다. 웃으면서 먹고, 먹으면서 웃었다. 웃을 때마다 어깨가 아파도 계속 웃고 싶었다.

"우리 밥 먹었으니까 산책할까? 유림이도 조금 움직여야 회복이 빠르겠지."

주호는 서원에 정리할 것이 있다고 먼저 갔다. 저물어 가는 햇빛이 오후의 숲 속에 가물거렸다. 화신과 유림은 천천히 걸었다.

"이 산 자주 왔니?"

유림은 고개를 끄덕거렸다.

걷다가 유림이 말했다.

"선생님, 정말 고맙습니다."

화신은 물끄러미 유림을 보았다. 이 아이가 홍기수의 딸이다. 유림의 얼굴, 몸, 마음 어딘가에는 홍기수가 있을 것이다. 화신은 유림의 얼굴을 가만히 들여다봤다.

"엄마는 어떤 분이셨어?"

"몰라요. 아무도 말해 준 사람이 없어요."

"아마 좋은 분이었을 거야. 네가 이런 애인 걸 보면."

"고맙습니다."

고맙다는 말을, 유림은 많이 하고 살았다. 아빠한테 고마워해야 한다는 말을 날마다 들었고 반성문에도 늘 나를 키워 주시고 돌봐 주셔서 고맙다고 썼다. 고맙다는 말 뒤에 항상 죄송하고 반성한다는 말을 덧붙였다. 하지만 진심으로 해 본 적은 없다. 누가 고마운 일을 해 준 적이 있었나. 있었을지도 모른다. 하지만 기억나지 않았다. 산바 생각이 났다.

"유림아, 이제부터 너는 이런 생각만 해. 어떻게 행복해질까, 뭘 해야 기분이 좋을까, 재밌을까, 그런 생각. 그리고, 고마워하지 마. 내가 아닌 누구라도 당연히 했어야 하는 일이야. 진작 돕지 못해서 정말 미안해. 내가 너무 늦었어."

유림은 울지 않았다. 미안하다는 말도, 행복해지라는 말도 처음 들어 봤지만 울지는 않았다.

유림은 화신의 손을 가만히 잡았다.

20장

눈 오던 날

"일하지 마. 어깨 아프다니까."

화신이 아무리 말려도 유림은 손을 놓지 않았다. 먼지를 손걸 레로 닦고 화분에 물을 뿌렸다. 어깨에 닿을 듯 길어진 머리에 윤 기가 흘렀다. 얼추 청소가 끝나면 찬 바람이 들어오는 창가에 서 서 핫초코를 마셨다. 주호가 그런 유림을 보고 놀렸다.

"핫초코 질리지도 않냐. 그러다 몸이 핫초코로 변하겠어."

언제나 핫초코. 언제나 같은 컵. 검정색 멜빵 앞치마를 입고 흘 러내리는 머리칼을 쓸어 넘기며 유림이 핫초코를 마시는 모습은 이제 서원에서 익숙한 풍경이 되었다.

'다행이다.'

주호는 속으로 생각한다. 다행이다라는 말이 그렇게 어울리는 풍경이 또 있을까? 이제 유림은 비로소 제 나이처럼 보인다. 피폐하지 않은 얼굴에는 미소가 어려 있다.

"유림아, 카페 일 그만 거들어도 되니까 하고 싶은 거 해. 공부를 하든 책을 읽든."

화신이 말하면 유림은 늘 이렇게 대답했다.

"이게 제가 제일 하고 싶은 거예요."

유림은 서원에 있는 책을 꼼꼼하게 분류했다. 십진분류표와는 아무 상관 없는 유림만의 분류였다. 어떤 책은 작가별로 어떤 책은 나라별로 같은 분야의 책들도 또 쪼개고 나눴다.

"선생님, 애는 이런 일 하려고 태어난 애 같아요."

주호가 라벨을 붙이는 유림을 보며 혀를 내둘렀다.

"그러게, 진작 유림이를 알았으면 책 한 줄 안 읽는 너 데리고 그렇게 고생은 안 했을 텐데."

이제 곧 있으면 진짜 봄이 오고 서원에도 사람들이 많이 올 것이다. 뭘지 모르지만 달라질 삶을 생각하며 셋은 열심히 준비를 했다. 점심때가 되면 간단하지만 정성이 담긴 밥을 해 먹었다. 어떤 때는 주호가 면 요리를 만들고 어떤 때는 화신이 밥을 차렸다. 유림도 떡볶이나 김치볶음밥 같은 걸 만들기도 했다. 매콤한 비빔국수나 잘 끓인 라면, 빛깔이 고운 카레라이스를 먹을 때도 있었다. 그것이 서원에서 열흘 넘게 반복되고 있는 하루의 모습이었다.

주호는 생각했다. 어떤 행복은 소란스럽지가 않다고. 그저 고요하다고. 그래서 다행이라고.

눈이 많이 오고 있었다. 오늘 새로 들어온 책들이 있어서 정리하느라 시간이 많이 늦어졌다.

"주호야, 오늘은 네가 유림이 집까지 데려다주고 와."

"괜찮아요, 선생님."

"안 돼. 너 미끄러져서 다치기라도 하면. 아직 어깨 낫지도 않았잖아. 동네 가는 길 어둡기도 하고."

밤이지만 내리는 눈 덕분인지 사방이 환했다. 하늘도 포근한 오렌지빛으로 보였다. 둘은 한동안 말없이 걸었다. 마리산으로 올라가는 길에 접어들자 유림이 쿡 웃으며 말했다.

"나 아까 선생님한테 산바 있으니까 괜찮다고 말할 뻔했다."

주호도 웃었다.

"그 정도 보디가드면 선생님도 안심하시겠지. 그러고 보니 그 녀석 본 지도 오래됐네."

폭신폭신한 솜털 같은 눈이 세상 가득 쌓여 있었다. 고개를 들면 눈이 머리 위, 저 높은 곳에서, 까마득한 곳에서부터 내려오는 게 보였다.

한참 말이 없던 유림이 문득 물었다.

"오빠, 봄 되면 서원에 사람도 많이 오고 그럴까?"

"글쎄. 지금보다야 뭐. 그런데 왜?"

"선생님한테 미안해서. 손님도 거의 없는 것 같고."

유림의 머리 위로 내리는 함박눈을 보며 주호는 뭘로 좀 가려줘야 하나 걱정했다. 하지만 손을 뻗지는 못했다. 우산을 가지고 올걸, 후회가 되었다.

"너 그래서 그렇게 열심히 일하는 거야? 잠시도 안 쉬고?"

유림이 웃었다.

"그것만은 아니야. 난 진짜 서원 일 재밌어. 근데 선생님한테 신세지는 것 같고 걱정도 되고 그래."

그 생각은 주호도 하던 것이었다. 이 일 저 일 돕는다고 했지만 결국 얹혀 있는 것 아닌가. 주호는 생각만 하고 아직 말로 꺼내지 않았던 결심을 유림에게 털어놨다.

"너무 걱정 마. 어쨌든 서원에 일할 사람은 필요하니까 네가 나 대신 있으면 돼. 난 어차피 잠시만 도와 드리기로 했던 거야. 봄 되면 다른 일자리 알아볼 거야."

유림이 걸음을 멈췄다. 주호가 영문을 모르고 따라 멈췄다.

"오빠 그럼…… 봄 되면…… 가? 다른 데로?"

유림의 말이 또 마음에 울렸다. 주호는 쓸쓸해졌다. 하지만 얼른 힘주어서 대답했다.

"내년이면 스무 살이야. 난 지금까지 해 왔던 아르바이트도 많고 군대에 갈 수도 있어. 넌 네 걱정만 하라고 선생님도 얘기했잖아."

주호는 자신의 말을 털어내듯이 성큼성큼 걸었다. 유림은 가로 등 아래 우두커니 멈춰 있었다. 눈이 너무 쏟아져서 유림이 그대 로 눈사람이 되어 버릴 것 같았다. 주호는 다시 뒤돌아서서 유림 을 향해 걸었다. 노란 가로등 불빛 아래로 자신의 그림자가 춤을 추듯 일렁거렸다. 어설픈 광대 같은 그림자는 쓸데없이 길기만 했다. 스무 살이 코앞, 어느새 어른이 된 것이다. 제대로 어린애였 던 적도 없는데 이렇게 어른이 돼 버리다니.

유림이 떨리는 목소리로 주호를 보며 다시 말했다.

"그렇구나. 봄 되면, 오빠는 서원을 나간단 말이지. 난 그런 생 각은 한 번도 안 해 봤는데. 서원에 오빠가 없다는 그런 생각은 한 번도……."

유림의 목소리가 잦아들었다. 주호가 유림을 바라봤다. 눈물 이 한 방울 두 방울 흘러내리고 있었다. 병원에 있을 때도, 맞아 서 만신창이가 된 뒤에도 울지 않던 유림이었다.

"너 왜, 유림아 왜……."

머릿속이 어지럽고 하얘졌다.

"나도 모르겠어. 내가 왜 울지? 이런 마음은 나도 잘 모르겠어."

주호는 그런 건 나도 모른다, 고 이야기하고 싶었다. 유림은 수 호에게 많은 것의 이유를 물었고 주호는 최선을 다해 대답해 주 었지만 지금은 어려웠다.

"그냥, 서원에 오빠가 없다고 생각하면, 나는……. 오빠, 난 좀 힘들 것 같아."

유림의 눈물이 더 굵어졌다. 무슨 말을 해야 할까? 날도 춥고 눈은 오는데 유림이 울고 있게 놔둘 수는 없었다.

"그러니까…… 유림아."

주호가 힘겹게 말을 꺼냈다.

"그런 걸 거야, 네 마음은. 오리 말이야, 갓 태어난 오리."

유림은 대답이 없었다.

"알에서 깨어난 오리는 그게 누구든 처음 만난 존재를 엄마라고 생각한다잖아."

주호는 꾸역꾸역 말을 이어 갔다.

"나랑 선생님은 그러니까, 네가 알에서 나온 뒤 처음 본 사람이잖아. 하지만 세상에는 나랑 선생님만 있는 게 아니고, 또 넌 오리가 아니고."

'오리라니, 무슨 말도 안 되는…….'

주호는 말을 하면서도 생각했다. 어떻게든 어른인 척하려는 자신을 누군가 보고 있는 것 같았다. 명치가 아프고 코끝이 매워 왔다.

"그러니까 내 말은…… 네 마음은…….'"

유림이 툭 웃었다.

"오빠 괜찮아. 더 말 안 해도 돼……. 그냥, 고마워."

주호는 무슨 말을 더 해야 할지, 어떻게 해야 할지 몰라 허둥

거렸다.

"눈이 너무 많이 오네. 조심해서 가."

유림은 가볍게 손을 흔들고 집으로 쏙 들어갔다. 주호는 멍하니 서 있었다. 유림의 마음을 모를 것도, 알 것도 같았다. 지난 서원에서의 나날들이 생각났다. 유림만 행복한 것이 아니었다. 열아홉 인생을 통틀어서 주호에게도 가장 행복한 날들이었다. 왜 그렇게 행복했는지 자신에게 묻고 싶지도 않을 만큼 평화롭고 아늑한 날들이었다.

"나도 힘들 거야. 너만 그런 거 아니야."

주호는 아무도 없는 골목길을 걸어 내려갔다. 쓰고 있던 외투의 모자도 벗어 버리고 머리 가득 눈을 맞았다. 눈썹으로 입술로 눈이 제멋대로 떨어졌다. 유림이 했던 말이 머릿속에서 라디오처럼 재생되기 시작했다. 무슨 생각을 하기도 전에 양쪽 뺨이 따뜻해지고 있었다. 주호는 우뚝 제자리에 서서 얼굴을 만졌다. 볼을 타고 눈물이 흘러내리고 있었다.

떠나지 말라는 말, 네가 있어 행복하다는 말, 그런 말들은 아무에게도 들어 본 적 없고 해 본 적도 없는 말이었다.

목이 꽉 막혀 왔다. 아팠다. 알 수 없는 마음이 끝없이 녹아 흘러내렸다. 목을 감싼 니트가 축축해졌다. 주호는 눈물을 닦아 내지 않았다. 주머니에 손을 깊이 넣은 채 눈물을 쏟아 내며 긴 길을 걸어 내려갔다.

21장

바람 부는
거리

"오늘 유림이가 늦네. 무슨 일 있나?"

매일 9시면 어김없이 서원 문을 열고 들어오던 유림이 아직 오지 않았다. 어젯밤 집에 들어가던 유림의 뒷모습이 생각났다.

"제가 가 보고 올게요."

주호는 서원을 나섰다. 어제 유림의 쓸쓸한 미소가 생각나 마음이 아렸다. 발걸음이 빨라졌다.

'다른 일을 해도 서원에는 맨날 올 거라고 그렇게 얘기할걸. 어차피 그럴 거였으면서.'

집에 도착했을 때 문은 열려 있었다. 순간 마음에 서늘한 바람이 지나갔다. 거기에는 아무도 없었다. 원래 아무도 살지 않았던 것처럼 방 안에 냉기가 가득했다. 어쩐지 이런 날을 이미 알고 있었던 것 같은 이상한 기분에 주호는 주저앉았다. 전화벨이 울렸다. 화신이었다.

"주호야!"

주호가 대답도 하기 전에 다시 화신이 소리쳤다.

"유림이 있니? 거기 있어?"

주호가 가까스로 대답했다.

"없어요. 아무도."

화신이 울부짖듯 말했다.

"주호야. 공판이…… 공판이 말이야, 이미 끝났대. 연락이 안 왔어. 연락이, 일정이…… 일정이 변경…… 누가 일정 변경을 신청했나 봐. 어떡하니, 내가 정신이……."

화신이 횡설수설하고 있었다.

주호는 전화를 끊었다. 아무 생각도 나지 않았다. 작은 방 안에 냉기 가득한 바람이 들어왔다 나갔다. 책상에 펼쳐진 책이 펄럭펄럭 넘어갔다.

서원에 돌아오니 화신이 넋이 나간 얼굴로 앉아 있었다.

"어디다 연락을 해야 할지 모르겠어. 어디다 해야 하지? 경찰?"

화신은 화끈거리는 얼굴을 두 손으로 감쌌다가 주호에게 물었다.

"무슨 흔적이 있던? 뭐 떨어뜨리고 간 거라든가 발자국 같은 거, 뭐든……."

화신이 어이가 없다는 듯 쓴웃음을 지었다.

"내가 미쳤구나. 발자국으로 뭘 할 수 있다고."

주호가 화신의 손을 잡았다. 화신이 마른 입술을 깨물었다.

"미안하다. 내 탓이야. 아직도 내가 뭔가를 믿었어."

"선생님 탓 아니에요. 이제 어떻게 할지 생각해야죠. 집에는 이렇다 할 만한 흔적이 없어요. 동네도 거의 비어 있어서 물어볼 사람도 없고 그나마 물어본 사람은 거기 사람이 살았는지도 잘 몰라요."

"그렇겠지. 누가 죽어 나가도 모를 분위기던데."

화신은 자신의 말에 소스라친 듯 벌떡 일어섰다.

"일단 경찰에 연락을 하자. 넌 주민센터 가서 뭐라도 물어볼래? 이사 간 거든 뭐든."

경찰의 반응은 심드렁했다. 어떤 관계냐고 묻는 말에는 할 말이 없었다. 대꾸하고 화를 낼 기운도 없었다. 화신은 홍기수가 일하던 사무실을 찾아갔다. 사무실에는 새로운 간사가 나오고 있었다. 홍기수가 어디로 갔는지 아는 사람은 아무도 없었다. 배은망덕한 딸년 때문에 홍기수가 쓸데없는 곤욕을 치렀다고 사람들이 혀를 찼다. 일 잘하고 셈 빠르고 야물딱진 사람이었다고, 무엇보다 요새 젊은 것들 중에 보기 드문 사람이었다고 칭찬을 했다.

화신은 사무실을 나와 거리에 섰다. 바람이 매웠다. 머뭇거리고 도망치기만 했던 몇십 년 치 벌이 한꺼번에 쏟아지는 것 같았다. 화신은 자신이 모른 척한 벌을 유림이 대신 받고 있다는 것을 알았다. 명심보감을 쓰고 몽둥이질을 당하면서 말이다. 진작 홍기수의 과거를 밝혔다면 뭔가 달라졌을까. 화신은 주위에 가득한 사람을 둘러보았다. 누굴 보고 도와 달라고 해야 할까.

홍기수는 풀려났다. 조금 일렀지만 어차피 풀려났을 것이다. 홍기수가 미혼의 몸으로 책임감 있게 지금까지 유림을 양육하고 보호한 것, 깊이 반성하고 있는 것, 현재 홍유림의 유일한 가족인 것, 시민단체에서 오랫동안 봉사해 온 것, 그 단체에서 좋은 평가를 받고 있는 것. 홍기수가 풀려날 이유는 차고 넘쳤다. 그 모든 이유들에 비하면 홍기수가 자신의 딸을 뼈가 부러지도록 두드려 팬 것은 너무도 사소한 일이었다. 참작될 정상은 넘쳐 나고 저지른 비정상은 앙상했다.

어떤 부모는 보험료를 받기 위해 일부러 아이를 장애인으로 만들고 어떤 부모는 귀신 들린 아이를 구원한다며 밥을 주지 않는다. 어떤 아버지는 아이를 임신시키고 어떤 어머니는 아이의 뼈를 부러뜨리고 쓰레기를 먹인다. 그러나 그 부모들은 오래지 않아 다시 아이 주변을 얼쩡거리거나 심지어 아이와 다시 가족이 되어 살아갔다. 그렇게 하다 아이가 죽어도 살인죄가 적용되는 경우는 극히 드물었다. 옷을 사 주지 않았다거나 당구봉으로 어깨 인대를 끊어 놓고 코를 부러뜨렸다거나 반성문을 쓰게 한 홍기수의 경우는 그런 모든 사례들과 견주어 보면 너무 점잖아서 눈물이 날 지경이었다. 학교를 제대로 보내고 다치면 병원에 데려갔으며 독서를 시키고 가정학습을 도와주었다. 홍기수는 훈육이 조금 지나친 아버지일 뿐이었다. 세상 모두가 홍기수의 편이었다. 그래서 홍기수는 풀려났고 유림을 데리고 사라져 버렸다.

화신은 바람 부는 거리에 서서 오래 울었다.

22장

아직,
학교였다

"유림이 집에 갔을 때 책상 위에 펼쳐져 있던 책이에요."

주민센터에 갔다가 아무 소득도 없이 돌아온 주호가 화신에게
책 한 권을 내밀었다.

길어진 머리를 찰랑거리던 유림과 책 정리를 하던 햇살 좋았던
어느 오후가 떠올랐다.

"선생님 이 책 재미있어요?"

책을 들고 묻던 유림의 얼굴. 제목을 본 화신이 책을 뺏었다.

"이 책이 왜 여기 있지? 재미 되게 없는 책이야. 보지 마."

"사랑에 관한 책이라는데 재미없어요? 한번 보고 싶은데."

유림이 궁금한 얼굴로 물었다.

"네가 생각하는 그런 사랑 아니야. 심리학 실험 책이야. 재미

없어."

딱딱하게 대꾸한 것이 미안해 화신은 달래듯 말을 이었다.

"사랑에 관한 책이 왜 보고 싶어? 누구 좋아해?"

유림은 대답하지 않았다. 책 정리를 하던 유림의 손길이 허둥 허둥 바빠졌다. 화신이 웃었다.

"내가 다른 책 소개해 줄게. 세상에 재밌는 사랑 이야기가 얼마나 많은데 이걸 읽어?"

아주 안 보이는 데로 치워 버렸다고 생각했는데 어느 틈에 이 책을 가져갔을까? 그 책은 화신이 알고 있는 책 중에 가장 끔찍한 책이었다.

사랑에 관한 실험……. 원숭이에게서 진짜 엄마를 빼앗는다. 그리고 가짜 엄마를 준비한다. 하나는 헝겊으로 된 원숭이 인형, 하나는 철사로 만든 인형. 헝겊 엄마는 가짜 우유병을, 철사 엄마는 진짜 우유병을 갖고 있다. 새끼 원숭이는 먹을 것도 없는 헝겊 엄마한테 하루 종일 매달려 있다. 무서운 거미 로봇을 상자에 넣고 불빛을 번쩍거려도 원숭이는 늘 헝겊 엄마에게 가서 매달려 있다. 어린아이에게 포근한 감촉이나 스킨십이 얼마나 중요한지를 증명하는 것이 그 실험의 의도라고 했다.

하지만 화신의 눈에는 헝겊 인형에 매달려 있는 원숭이의 무방비한 얼굴만 보였다. 실험의 뒷이야기를 알고 싶지 않아 끝까지 읽지 않고 덮어 버린 책이었다. 그랬는데도 그 책의 이야기는 오래도록 화신의 심장에 들러붙어 있었다. 실험 상자 안의 그 원숭이는 어떻게 됐을까. 아무리 매달려도 안아 주지 않는 헝겊 원숭이 앞에 쪼그리고 있던 겁먹은 새끼 원숭이는.

화신은 유림의 책상 위에 있었다는 그 책을 펼쳐, 읽고 싶지 않았던 뒷부분을 읽었다. 헝겊 엄마에게 상처받은 원숭이들은 아이를 가지려 하지 않았고 강제 교미로 아이를 가진 뒤에도 돌보지 않고 죽이기까지 했다. 심리학자는 거기서 멈추지 않고 어둠 상자를 만들어 원숭이를 가둬 두기도 했다. 암흑 속에서 생존을 위한 먹이만 제공받은 원숭이들은 결국 미쳐 버리거나 죽음을 택했다.

화신은 책을 덮었다. 숨이 잘 쉬어지지 않았다. 희미하게 그어진 밑줄을 보니 가슴이 더 답답했다. 이 책을 읽던 유림은 어디로 가 버린 것일까. 이렇게 밑줄을 긋다가 도대체 누구를 만난 것일까.

열여덟 여름, 실험 상자를 탈출했던 화신에게는 진짜 엄마가 있었다. 하지만 유림이 빠져나온 상자 밖에는 누가 있었단 말인가. 결국 화신이 꾸며 주려 애쓰던 그 방조차 헝겊으로 치장한 실험 상자일 뿐이었던 것이다. 가시투성이의 철사 엄마는 유림을 끌고 영원한 어둠의 상자로 들어갔고 화신은 그 어둠 상자가 이 넓은 세상 어디에 있는지 알 수가 없었다.

화신은 자신이 끌려 들어갔던 어둠 상자를 떠올렸다. 분명히 있었지만 없는 학교, 아무도 만든 적이 없는 학교. 그 학교에서 나왔다고 생각했다. 화신은 그 봄에서 최대한 멀어지기 위해 온 힘을 다하며 살았다. 피해자 모임이 꾸려지고 연락이 와도 절대로 참석하지 않았고 무슨 법을 발의한다고 서명을 하라고 해도 하지 않았다. 그 도시를 떠나 먼 곳으로 왔고 벗어나는 데 성공했다고 생각했다. 하지만 그 봄은, 그 학교는 그 도시에만 있는 것이 아니었다. 대답을 들을 생각도 없으면서 사람들은 물었고 진실을 모르는 사람들이 오히려 더 당당했다. 내내 도망쳤지만 홍기수와 화신을 가뒀던 그 어둠 상자는 이제 더 커지고 더 어두워져서 유림과 주호까지 가두려 하고 있었다. 아직, 학교였다.

23장

산바의 별

땅을 밟으면 무르다. 여기저기서 알 수 없는 소리들이 들려오는 것 같다. 눈이 녹은 계곡은 기지개를 켜기 시작했다. 숨어 있던 새순이 나뭇가지에서 얼굴을 조금씩 내밀었다. 모든 것이 보들보들해졌다. 모든 것이 아롱아롱해졌다. 모든 곳의 색깔이 조금씩 환해져 갔다.

산바는 요즘 자주 졸았다. 배가 고파서 졸기도 하고 꿈이 사라져서 졸기도 했다. 이따금 그 아이가 궁금했다. 갑자기 어디로 사라져 버린 것일까.

산기슭에 있던 집들이 조금씩 비어 가더니 마을은 삽시간에 폐허의 분위기를 풍겼다. 얼마 후면 굴삭기가 나타날 것이고 집이 있었던 곳은 흔적도 없이 다른 무언가로 변할 것이었다.

아이가 사라지기 전 얼마 동안 아이의 얼굴에는 지금 이 산속에 퍼져 있는 것 같은 빛이 아른거렸다. 아이는 말간 얼굴에 제법 어울리는 표정을 짓고 있었다. 아이의 집에도 사람이 드나들었다. 그러는 동안엔 산바는 아이에게 가지 않았다. 가지 않아도 좋았다. 아이가 먹을 것을 두는 것을 잊어버려도 좋았다. 기다리는 남자는 오지 않았다. 남자가 오기 전까지 산바는 잘 수도 죽을 수도 없었다. 그런데 지금은 아이도 없고 남자도 없었다.

낮은 점점 길어지고 있었다. 새끼를 거느린 멧돼지들은 한껏 포악했다. 하지만 아무리 포악해도 이 산에서 먹을 것을 찾기는 힘들 것이다. 얼마 전 사람이 사는 집 마당까지 들어간 멧돼지가 또 잡혔다. 순서가 다르거나 종류가 다를 뿐 이 산에 있는 동물들은 결국 다 그렇게 죽어 갈 것이다. 길을 건너다가 납작하게 도로에 깔리거나 먹을 걸 구하러 내려갔다가 사람들 손에 잡혀 죽거나, 굶어서 죽거나, 이상한 걸 먹고 몸을 뒤틀며 토하다가 죽거나. 그렇게 죽을 것이다. 사는 것만큼 죽음이 대수롭지 않았다. 죽음이 너무 흔해 빠졌다. 산바가 보기에 사람도 마찬가지였다. 사람의 죽음은 오히려 동물들보다 흔해 보였다. 생각보다 자신의 순서가 늦게 온다고 산바는 생각했다.

아무 일도 하지 않은 하루가 지나가고 있었다. 골짜기부터 밤이 오기 시작했다. 산의 밤은 서로 다르게 왔다. 골짜기의 밤은 빠르고 능선의 밤은 조금 늦다. 산바는 밤이 올 때가 되면 골짜기로 갔다. 밤이 빨리 오는 골짜기가 좋았다. 나무 밑에 얼굴을 묻었다. 그 아이의 손가락을 치료해 주었던 그 나무였다. 정말 죽어버린 줄 알고 아이를 건드려 보던 그날 오후가 생각났다.

'진짜, 죽어 버린 거냐.'

산바는 혼잣말을 했다.

"멧돼지. 어디 아픈 거야?"

어디선가 목소리가 들려왔다. 산바는 벌떡 일어나 주위를 둘러보았다. 잘못 들은 건가?

"멧돼지, 나야. 참, 넌 눈이 별로 안 좋지?"

목소리가 건방지게 말하며 웃었다. 산바는 나무 위를 올려다봤다. 빡빡머리가 앉아 웃고 있었다. 자기를 처음 봤을 때 놀라기는커녕 똑바로 쏘아보던 눈빛이 떠올랐다. 빡빡머리는 가벼운 몸짓으로 나무에서 훌쩍 내려와 밑동에 기대어 앉았다. 그러고는 주머니에서 비닐봉지를 꺼냈다.

"멧돼지가 뭐 먹는지 잘 몰라서. 개 사료 같은 걸 가져와야 되나 고민했다."

'이 새끼가.'

산바가 송곳니를 드러냈다. 빡빡머리가 웃었다.

"미안해. 너 화났냐? 요즘 개 사료도 맛있게 나온다더라."

산바는 빡빡머리 옆에 별수 없이 쭈그려 앉았다. 어이없게도 빡빡머리가 머리를 쓰다듬었다. 동네에서 주책없이 뛰어다니는 개가 된 기분이었다.

"너 생각보다 털이 되게 부드럽다. 고슴도치처럼 까칠할 줄 알았는데."

산바가 채소를 먹는 걸 보며 빡빡머리가 이야기를 했다.

개가 된 기분은 생각보다 나쁘지 않았다. 이래서 한번 인간한테 길들여지면 헤어나기가 힘든 모양이었다. 이런 건 곤란하다.

빡빡머리는 혼잣말인지 산바에게 하는 건지 모를 말을 계속했다.

"유림이가 어디로 갔는지 모르겠어. 넌 보통의 존재가 아니니까 혹시 알고 있지 않냐?"

산바는 피식 웃음이 나왔다. 보통의 존재가 아니라니.

"너는 언뜻 보면 무슨 산신령 같잖아. 덩치도 엄청 크고. 내가 차라리 너였다면 좋았을 텐데."

산바는 다시 나뭇잎 속에 고개를 묻었다. 덩치가 크고 센 송곳니를 가지고 있다 해도 누구를 이겨 본 적도 지켜 준 적도 없다.

"난 네가 왜 나와 유림이 앞에 나타나는지 이유를 몰라. 근데 별로 알고 싶지가 않아. 난 대부분 이유를 알아야 직성이 풀렸는데 말이지."

산바는 생각했다. 이유에 대한 이야기는 유림도 한 적이 있었다. 빡빡머리와 또 다른 여자를 만나고 온 뒤에 유림은 말이 많아졌다. 궁금해졌다고 했다. 자신이 왜 태어났는지, 왜 아빠가 자기를 자꾸 때리는지도. 아마 이유가 있을 것이라고, 조금 더 자라면 그 이유를 스스로 알아내야겠다고, 그런 이야기를 했었다.

"지금까지 내게 일어난 일에 대해 나는 이유를 열심히 찾았고 나름대로 정리를 잘해 놓았어. 고모가 나랑 할머니를 왜 싫어했는지, 엄마 아빠가 어째서 그 섬 구석 쪼그랑 할머니한테 나를 맡기고 다시는 찾으러 오지 않았는지. 대충은 알 만했어. 근데 홍유림에 대해서는 도저히 이유를 알 수가 없더라. 아빠라는 사람이 애를 그렇게 대하는 것도 도대체 알 수 없는 일이었는데 그런 사람이 저렇게 풀려나 버린 건 더 알 수 없으니. 난 유림이가 물어보는 걸 많이 대답해 줬는데 이젠 포기해야 될 것 같아."

산바를 보며 이야기하던 빡빡머리가 두 손으로 얼굴을 감싸며 덧붙였다.

"이유고 뭐고 다 필요 없고 얼른 걔를 찾았으면 좋겠어. 사실, 정말 미칠 것 같거든."

울듯이 말하는 빡빡머리는 어린아이 같았다. 애써 어른의 표정을 짓고 있던 그 얼굴이 허물어졌다. 산바는 달리 할 수 있는 일이 없었다. 다만 없어져 버린 지 오래라고 생각한 심장이 거친 털과 가죽 저 안쪽에서 조용히 움직이는 것이 느껴졌다. 산바는 저 위쪽에 외롭게 떠 있는 달을 바라봤다.

밤이 깊어 가고 있었다. 밤이 깊어 가는 동안 지구는 빙빙 돌고 지구가 빙빙 돌면 시간이 흘러간다. 지구가 빙빙 돌면 어떻게 시간이 흘러가는가. 그런 생각을 하다 보면 모든 것이 이상했다. 밤하늘을 보다 보면 궁금한 것이 산더미처럼 생겼다. 주호는 문득 이상하게 대답하고 말았던 유림의 마지막 질문이 생각났다. 그저 각인이라고 생각했다. 알을 깨고 나온 새끼 오리가 처음 본 존재를 엄마라고 생각하듯 유림이 자신을 따르고 좋아하는 것은 당연하다고 생각했다. 주호와 화신은 유림에게 유일한 사람이었다. 주호는 누군가에게 유일한 사람이 될 자신이 없었다. 많은 사람 중 한 사람이 되는 일도 버거운 주호에게 그것은 너무 커다란 무게였다.

'비겁한 새끼.'

주호는 스스로에게 말했다. 그 비겁함 때문에 유림을 다시 잃어버린 것이라고 생각했다.

'불쌍해서는 아니었어.'

주호는 중얼거렸다.

'사실 나도 뭔지 몰랐어. 지금도 모르지만.'

그 눈이 오던 날 밤, 자신을 올려다보던 유림의 차분한 얼굴이 떠올랐다.

'왜냐하면, 그건, 한 번도 받아 본 적이 없는 질문이거든.'

주호는 산바를 바라봤다.

산바는 외계인인지도 모른다. 저렇게 별이 많은데 멧돼지별이 없으란 법은 없다. 주호는 멧돼지별이 지구에 떨어지는 상상을 하고, 거기에서 어린 산바가 내려오는 상상을 했다. 마흔네 번이나 해 지는 걸 볼 수 있다는 어린 왕자의 별보다는 큰 별일 것이다. 산바는 죽으면 다시 멧돼지별로 가는 것일까. 주호는 산바를 따라 멧돼지별로 가고 싶다는 생각도 했다. 여기서는 이렇게 크고 힘이 센 멧돼지도 유림을 찾지 못한다. 멧돼지별에서 온 외계인도 유림의 일은 어떻게 할지 몰라 당근이나 먹고 잠을 자고 있다.

이 지구 위에서 홍유림이 어디로 갔는지 찾을 수가 없다. 저렇게 멀리 있는 별도 보이는데 같은 별 위에 사는 사람이 죽었는지 살았는지 알 수가 없다. 지구는 너무 크고 주호는 너무 작다. 중학교도 제대로 졸업하지 않고 아직 스무 살도 되지 않은, 직업도 없고 부모도 없고 돈도 없는 자신이, 주호는 이 지구 위에서 가장 무력하다고 느꼈다.

24장

이사

P시에서의 생활은 끝났다. 이런 식의 이사가 처음은 아니었다. 10년 전에도 주제넘은 유치원 선생이 아동학대 어쩌고 하는 통에 야반도주하듯 이사를 했다. P시에서의 생활은 나름 안정적이었다. 3학년이 넘어서부터 유림은 제법 말을 알아듣고 행동했다. 학교에서도 이웃에게도 처신을 잘해서 조용히 살 수 있었다. 그런데 느닷없이 나타난 류화신이 모든 걸 망쳐 버렸다. 여자랑 담을 쌓고 지낸 인생인데도 홍기수는 여자 때문에 자꾸 인생이 꼬였다. 처음, 어머니라고 부르기도 싫은 그 여자한테서 태어난 것부터가 잘못이었다. 자식 앞에서 온갖 더러운 꼴을 보이면서도 부끄러운 줄 몰랐던 여자. 그리고 이제는 얼굴조차 희미한 유림의 엄마. 옛날에도 지금도 재수 없는 류화신까지.

잘 먹고 잘 자고 시끄럽게 울지도 않던 유림은 키울 만한 아이이긴 했다. 24시간 어린이집에 맡겨 됐다가 주말에 찾으러 가도 아빠라고 화들짝 반기는 아이였다. 유림이 웃고 안길 때 홍기수는 낯선 감정을 느꼈다. 그것은 따뜻하고 말랑말랑한 것이었다. 하지만 세상은 호락호락하지 않았다. 노력해도 풀리는 일이 없었다. 쭉 정치를 하는 사람 주위를 돌며 이름만 있고 사무실도 없는 단체의 명함을 들고 다녔다. 하지만 홍기수를 이용하는 사람들은 선거철에만 반짝 늘어났다. 발바닥에 땀나도록 뛰어다녀도 먹고살기조차 빠듯한 돈만 손에 쥘 수 있었다.

유림을 때리기 시작한 건 애가 말을 시작할 즈음부터였다. 말을 하는 것은 질색이었다. 몇 대 쥐어박아 놓으면 말로 하는 것보다 백배 말을 잘 듣는 건 애나 어른이나 마찬가지였다. 매질 덕분인지 철이 빨리 든 유림은 여섯 살부터 제법 사람 노릇을 했다. 가르쳐 놓으면 설거지며 빨래도 잘하고 청소도 야무지게 했다. 설거지할 때 그릇을 깨거나 물을 바닥에 흘리면 뺨을 몇 대 때렸다. 빨래 개는 걸 얼른 못 배우면 벽에다 머리를 몇 번 박아주었다. 밥 먹을 때 쩝쩝거리거나 반찬을 흘리면 밥상을 엎고 몇 대 쥐어박으면 되었다.

겁이 많은 유림은 뭐든지 시키는 대로 잘했다. 평생 이렇게 살아도 될 것이라는 생각이 들었다. 유림이 자랄수록 애를 데려다주고 간 그 여편네가 새삼 고맙다는 생각까지 들기도 했다. 그만큼 P시에서의 생활은 모처럼 안정되고 편안했던 것이다. 이런 일이 일어날 거라고는 생각조차 못 했다. 뭘 물어보면 대답도 제대로 못 하는 애였다. 그런데 사람들을 만나고 책을 읽었다. 과거에서 튀어나온 귀신 같은 여자와 기분 나쁘게 생긴 빡빡이 새끼를 집에 들였다. 뒤통수를 맞은 것이다. 멍청하고 만만하다고 생각한 계집애에게.

올봄에는 선거가 있다. 이제 나이가 있으니 마지막이 될지도 모를 기회였다. 공을 들였다. 사무실 일도 어느 때보다 성의를 다해서 했다. 결코 하지 않는 외박까지 해 가면서 말이다. 선거에 나갈 예정인 지역 유지의 심부름도 열심히 했다. 그런데 어이없는 데서 일이 터진 것이다. 판결이 나기 전까지 구치소에 있으면서 홍기수는 자신이 미쳐 버리는 게 아닌가 하는 걱정이 들었다. 열여덟 살 때보다 더 견디기 힘들었다. 하지만 세상은 성실하게 살아온 삶을 모른 척하지 않았다. 인생을 공으로 먹지 않고 노력으로 버텨 온 자에게는 대가가 있다는 걸 홍기수는 새삼 깨닫고 있었다.

박 대령. 그 사람이었다. 내내 정치판을 기웃거렸던 박 대령이 드디어 출마를 한다고 했다. 홍기수에게 박 대령은 오랜 끈이었다. 지난 시절 홍기수가 어려울 때마다 죽기 직전에 마지막 끈을 던져 주곤 했다. 하지만 딱 그만큼이었다. 딱 죽지 않을 만큼. 딱 숨만 쉴 만큼. 하지만 지금은 선거 때였다. 모두가 서로의 과거에 덕지덕지 묻어 있는 홈집을 찾기에 혈안이 되어 있다. 박 대령에게 자신은 알려져서 좋을 것 없는 과거였다. 누군가 자신을 먼저 찾아내기 전에 확실한 단속을 해 놓을 필요가 있었을 것이다.

홍기수는 쉽게 풀려났다. 마침 개발 예정인 마리산 셋집에서 남들보다 좋은 조건으로 보상을 받았다. N시에 거처할 곳이 생겼다. 선거사무소에서 이런저런 일을 도와주면 당선된 후에 자리를 제공하겠다는 제안도 왔다. 가슴이 뛰었다. 화신이나 유림에 대한 분노조차 잠시 잊어버릴 정도였다. 박 대령 쪽 사람들이 미리 유림을 N시로 데려다 놓겠다고 했다. 딸을 데려가려는 미친 스토커가 있으니 몰래 애를 빼내 달라고 신신당부를 했다.

풀려나던 날, 홍기수는 가슴이 터질 것 같았다. 상황이 오히려 더 좋아져 있었다. 유림이 있는 새집으로 구두도 벗지 않고 들어갈 때는 콧노래까지 나왔다. 상황이 좋아진 만큼 유림을 제대로 길들일 필요는 커져 있었다. 다 된 일을 망치지 않으려면 잘 타일러야 할 일이었다.

25장

어둠 상자

유림은 꿈을 꾸었다. 상자에 갇혀 있었다. 사방이 깜깜해서 아무것도 안 보였다. 바닥에는 발이 닿지 않았다.

"내보내 주세요."

유림이 말했다.

"어디로?"

누군가 말했다.

"밖으로요."

누군가 대답했다.

"밖이라니? 밖은 없어. 거기가 다야."

"그럼 당신은 어디 있는데요? 당신이 있는 곳이 밖이잖아요."

"무슨 소리야? 내가 있는 곳도 너와 같아. 네가 못 볼 뿐이야.

밖은 없다니까. 거기가 다야."

꿈에서 소리를 질렀다. 발버둥을 쳤다. 눈을 떴다. 눈을 떠도 감아도 어두운 것은 똑같았다. 무엇이 꿈인지 구분되지 않았다. 여기에 온 뒤로 거의 매일같이 꾸는 꿈이었다. 아니다. 꿈을 꾼 것은 지금이 아니라 지난 두 달 동안이다. 긴 악몽 속에 잠깐 찾아온 좋은 꿈.

온몸이 땀으로 축축했다. 몇 시나 되었을까? 창이 없는 방은 관이나 다름없었다. 더듬더듬 벽을 만져 스위치를 켰다. 윙 하는 형광등 소리가 창백하게 울렸다. 방 안에는 종이들이 어지럽게 널려 있었다.

'다시는 도망치지 않겠습니다. 다시는 대들지 않겠습니다. 말조심을 하겠습니다. 아버지의 은혜를 잊지 않겠습니다.'

만 번씩은 쓴 글자들이 종이 위에서 벌레처럼 춤을 추고 있었다. 아빠 친구라는 사람들의 트럭을 타고 하염없이 달려온 밤이 언제였는지 기억도 나지 않는다. 평생을 이곳에 있었던 것 같다. 그날 밤, 아빠는 구둣발로 방에 들어왔다. 마리산 그 방보다 훨씬 더 답답하고 빛도 들어오지 않는 이 방에서 아빠는 얼굴만 때렸다. 눈과 코와 입에서 무언가가 쏟아져 나왔다. 아빠는 얼굴을 닦으라고 수건을 던져 줬다. 무릎을 꿇고 아빠의 이야기를 들었다. 얼굴도 모르는 할아버지와 할머니와, 그리고 화신 선생님과 화신 선생님의 아버지에 대한 이야기, 그리고 엄마의 이야기.

유림은 울었다. 아주 어릴 때부터 울면 더 맞았기 때문에 결코 아빠 앞에서 울지 않았지만 이번만은 울지 않을 수 없었다.

"알아들었지? 홍유림, 아빠는 네가 생각하는 것보다 훨씬 더 무서운 사람이야. 내가 이렇게 구질구질하게 사는 건 90프로는 너 때문이야. 그 나이 되도록 키워 줬으면 너도 생각이라는 걸 하겠지. 나는 여기까지만 참을 거다. 또 바보 같은 짓을 하면 아빠는 너와 그 빡빡이 새끼랑 그 여자 다 죽일 거야. 난 이제 많이 바빠. 너한테 신경을 쓸 시간이 없어. 네가 조용히만 있어 준다면 다 큰 자식 때릴 생각도 없어. 그저 너는 옛날처럼 집안일 하면서 조용히만 있으면 돼. 아무것도 하지 말고. 허튼짓하면 진짜 끝. 알겠지?"

유림은 고개를 끄덕였다. 아빠의 말이 그냥 협박이나 허풍이 아니라는 것을 유림은 알 수 있었다. 아빠는 이제 유림을 때리는 수고를 하는 대신 영원히 입을 다물게 할 것이다. 그리고 자신을 도운 사람들도 그렇게 입을 다물게 할 것이다. 유림은 아빠가 세상에서 제일 무서운 사람이라는 것과 그 밤에서 시간이 영원히 멈췄다는 것을 알았다.

그날 이후, 아빠는 유림을 때리지 않았다. 예전과는 달리 집에 사람들을 데리고 와 거실에서 이야기를 하곤 했다. 사람들이 오면 아빠는 방에서 유림을 못 나오게 했다. 기척도 하지 말라고 했다. 사람들이 오래 머물러 있는 날에는 화장실도 못 가고 먹지도 못한 채 갇혀 있었다.

창도 없는 방에서 밤인지 낮인지도 모르고 앉아 있다가 눈을 뜨면 머리카락이 우수수 빠져 있었다. 서원에서 읽었던 동화책이 생각났다. 여기 있는 동안 세상의 시간은 몇 년씩 훌쩍훌쩍 지나가고 있는지도 모른다. 그리고 언젠가 방을 나서는 순간 할머니가 되어 있거나 먼지가 되어 풀썩 가라앉아 버리는 것이다. 먼지가 되어서라도 할머니가 되어서라도 여기를 나갈 수 있을까?

마리산 동네에 살던 시절, 그때가 행복했다. '행복'이라고 이름을 붙일 수 있다면 말이다. 비록 작았어도 창이 있던 방, 산바가 있던 뒷산. 유림은 서원의 기억을 지우려고 애썼다. 그렇게 행복했던 기억은 감당할 자신이 없었다. 주호 오빠도 화신 선생님도, 마법처럼 변신했던 방도, 그리고 눈 오는 밤 바라보던 주호 오빠의 눈빛도 다 꿈이었을 것이다. 영원히 돌아갈 수 없는 꿈.

26장

도망

밖에서 사람 기척이 들렸다. 유림은 자는 척했다. 손잡이가 돌아가고 문이 열리는 소리가 났다.

"일어나, 잠 깬 거 다 아니까."

아빠가 발로 툭툭 찼다. 얼른 일어나 앉았다.

"오늘은 좀 늦을 거야. 방문 잠가 놓을 거니까 얌전히 있어."

오늘은 손발을 묶고 나가진 않을 모양이었다. 처음 얼마 동안 아빠는 유림을 묶어 두고 나갔다.

아빠가 방에서 나간 후 불을 끄고 다시 누웠다.

얼마 뒤 현관 번호 키 누르는 소리가 삑삑 들렸다. 본능적으로 다시 몸을 움츠렸다. 아빠가 뭘 놓고 갔나 보다.

이어서 현관문 여는 소리가 들렸다. 발소리가 조심스러웠다. 아빠의 발소리가 아닌 것 같다. 발소리는 방 앞에서 멈췄다. 가슴이 세차게 방망이질을 했다. 손잡이가 몇 번 덜컥거리고 방문이 조심스레 열렸다. 벌떡 일어났다.

"누구세요?"

유림은 다급하게 물었다. 남자가 아무 말도 않고 문을 활짝 열었다. 모르는 얼굴이었다. 눈이 작고, 표정이 없었다.

"아저씨 누구세요?"

남자가 나직하지만 단호하고 급한 목소리로 말했다.

"얼른 나가. 계단 내려가서 건물 밖으로 나가면 오른쪽으로 가. 큰길 나올 거야. 큰길 가면 지하철역 금방이야."

남자는 문만 열어 놓고 바람처럼 빠르게 나가 버렸다. 정신이 멍했다. 꿈은 아니었다. 유림은 방 밖으로 나갔다. 현관에 있는 슬리퍼를 신었다. 아무 생각도 나지 않았다. 미친 듯이 계단을 내려갔다. 마지막이라는 단어만 머릿속에 떠올랐다. 마지막 기회. 죽지 않을 수 있는 유일한 기회. 바깥은 아직 어둠이 걷히지 않았다. N시에 온 후 처음 보는 거리의 모습이었다. 차가 빼곡히 주차된 좁은 골목을 달려 무조건 큰길로 향했다. 아직 겨울 기운이 가시지 않은 거리는 추웠다. 모퉁이를 돌자 차가 제법 다니는 큰 도로가 보였다. 장사를 준비하던 토스트 포장마차 아줌마가 맨발에 슬리퍼를 신고 외투도 없는 유림을 이상하게 바라보았다. 큰길로 접어들자 지하철역을 가리키는 초록색 표지판이 보였다.

어디로 가야 하지?

'허튼짓하면 진짜 끝. 알겠지?'

아빠 목소리가 머릿속에 울렸다.

서원은 안 돼.

'또 바보 같은 짓을 하면 아빠는 너와 그 빡빡이 새끼랑 그 여자 다 죽일 거야.'

다시 아빠 목소리가 울렸다. 그래도 다시 그 관 같은 방으로 돌아가기 싫었다. 끝이라 해도 다른 곳에서 끝내고 싶었다.

산바한테, 산바한테 가자. 거기서 죽자.

아빠는 산바를 모른다. 아빠는 산바를 죽일 수 없을 것이다. 유림은 서둘러 지하철역으로 내려갔다. 아직 이른 시간이었지만 꽤 많은 사람들이 역에 있었다. 표도 없이 개표구를 기어서 통과해도 사람들은 유림을 쳐다보지 않았다. 아빠가 쫓아올 것 같아 뒤통수가 서늘했다. 지하철이 도착할 때까지 자판기 뒤에 서서 누가 오는지 살폈다. 지하철이 오는 시간이 영원처럼 길게 느껴졌다. N시와 P시는 거의 끝과 끝이었다. 유림은 사람이 가장 많은 칸에 몸을 실었다. 출입문 가까운 곳에 서서 전철 안을 살폈다. 모두가 이른 출근을 하는 피곤해 보이는 사람들이었다. 전철이 역에 설 때마다 신경을 곤두세우며 칸을 옮겨 다녔다. 녹초가 된 뒤 낯익은 P시의 전철역에 도착했다. 산바를 처음 만났던 그 전철역.

서원에 가면 안 된다. 유림은 속으로 계속 그 말만 했다. 어쩌면 이곳 P시에도 안 왔어야 할지 모르지만, 유림은 갈 데가 없었다. 하늘이 무너질 듯 찌뿌둥했다.

마리산으로 발걸음을 옮겼다. 전철역에서 집까지 가는 길의 어지러운 풍경, 간판하고는 상관없는 물건을 파는 가게들, 지저분한 골목길, 산으로 이어지는 황량하고 볼품없는 풍경들, 모두 여전했다. 춥지 않았다. 발이 시리지도 않았다.

27장

상자 속의
원숭이

홍기수가 N시에 있다고 했다. 유림이 없어진 지 한 달이 지날
즈음 들려온 소식이었다. N시에서 선거에 출마한 박 대령을 홍
기수가 도와주고 있다고 했다. 화신은 소식을 듣자마자 N시로
향했다.

박 대령의 선거사무소에 찾아갔다. 사무소에는 앳된 직원밖
에 없었다. 모두들 선거운동을 하러 근처 시장에 나갔다고 했다.

"여기 일하시는 분 중에 혹시 홍기수 씨라고 있나요?"

화신의 질문이 채 끝나기도 전에 사람들이 우르르 들어왔다.
직원이 화신에게 말했다.

"홍기수 씨요? 저기 오시네요."

사람들 틈에 있던 홍기수의 낯빛이 화신을 보자마자 변했다.

"유림이 어딨어?"

화신이 홍기수를 발견하자마자 덤빌 듯이 물었다.

"나가서 말합시다."

홍기수가 낮은 소리로 말했다.

화신은 더 이상 유림을 조용히 찾을 수 없음을 알았다. 여기서 놓치면 진짜 끝장일 것이다. 화신은 홍기수의 팔을 뿌리치고 사무실을 둘러보며 소리쳤다.

"당신들 이 사람이 어떤 사람인지 알고 같이 일하는 거야?"

홍기수가 화신의 팔을 거칠게 낚아채며 사무실 사람들에게 고개를 숙였다.

"죄송합니다. 예전에 알던 여잔데 자꾸 스토커처럼 굴어서. 나가서 이야기하고 오겠습니다."

홍기수가 화신을 질질 끌고 나왔다.

"유림이 어딨냐니까!"

화신이 소리쳤다.

"도대체 왜,"

길거리로 나온 홍기수가 화신을 보며 어이없다는 듯 말했다.

"내 딸에게 그렇게 관심이 많은 거지? 걔는 잘 있어. 잘 먹고, 잘 자고, 잘 지낸다고. 여태도 그랬고 지금도 그렇고 앞으로도 그럴 거야."

화신이 애원하듯 말했다.

"홍기수. 제발 그 애를 놔줘. 뭣 때문에 그 애를 끼고 있으면서 고문을 하는 거야?"

홍기수가 머리를 쓸어 올렸다. 피곤한 얼굴이었다.

"내 자식이야. 니가 뭔데 매번 이러는 거지?"

화신은 아득해졌다.

"유림이가 책을 읽었어. 정말 읽히기 싫은 책이었는데 니 딸이 읽어 버렸어."

홍기수가 화신을 멍하니 바라보았다.

"상자 속에 갇힌 새끼 원숭이가 미쳐 버려. 먹을 것을 줘도 죽어 버려. 살아나더라도 나중에 자기 새끼를 다 죽여 버려."

홍기수는 참을 수 없이 짜증스러운 목소리로 소리쳤다.

"도대체 무슨 소리를 지껄이는 거야? 책 나부랭이가 뭐 어쨌다고? 너는 항상 그랬어. 옛날에도 재수 없게 늘 잘난 척이었지."

화신은 이야기를 계속했다.

"네가 유림이를 데리고 도망치기 전에 유림이가 그걸 읽었어. 너 구치소 있는 동안, 걔는 살고 있었어. 너도 알잖아? 사는 게 어떤 건지. 진짜 사는 거 말이야. 너나 나처럼 어제랑 오늘만 사는 거 말고. 유림이가 그렇게 살고 있었어. 살도 찌고 머리에 윤기도 돌았어. 근데 걔가 그 책을 읽고 안 거야. 너 때문에 자기가 죽을 거라는 걸. 거기다 밑줄을 죽죽 그어 놨어. 미쳐 버린 새끼 원숭이 이야기에다가!"

화신은 홍기수의 손을 잡았다.

"제발 유림이를 놔. 너도 불행하잖아. 아버지도 모자라서 자식까지 죽일 거야?"

홍기수가 화신을 바닥에 거칠게 밀쳤다.

"닥쳐, 죽여 버리기 전에. 가, 이 미친년아. 가서 네 할 일 하고 너대로 살아. 나랑 내 딸한테 신경 끄고."

화신이 일어나 홍기수를 막아섰다.

"네가 박 대령에게 어떻게 도움을 받았는지 알아."

홍기수가 영문을 모르는 얼굴로 화신을 봤다.

"설마 박 대령이 막아야 할 입이 너뿐이라고 생각하는 건 아니지?"

화신이 침착하게 말했다.

"너 도대체 무슨 짓을 하려는 거야?"

홍기수가 애써 아무렇지 않은 척 말했다.

"너 같은 살인범, 아동학대 용의자, 영원히 묻어 버리고 싶은 과거의 괴물을 박 대령이라고 좋아하겠니? 난 박 대령에게 할 말이 많아. 너도 알다시피 지금은 나 같은 사람이 나서기 좋은 선거철이잖아?"

홍기수가 화신의 멱살을 쥐었다.

"알아듣기 쉽게 말해. 빙빙 돌리지 말고."

"네가 계속 미친 원숭이 노릇을 하겠다면 난 박 대령이랑 너를 같이 침몰시킬 거야, 모든 방법을 동원해서. 벌써 연락해 놓은 데도 있어. 물론 그 전에 박 대령을 만나야겠지."

홍기수의 얼굴이 하얗게 질렸다. 화신은 그 얼굴을 보고 어이가 없는 한편으로는 안심이 되었다. 화신은 한층 여유로운 목소리로 홍기수를 달래기 시작했다.

"유림이를 놔줘. 나한테 보내 줘. 그럼 죽을 때까지 나타나지 않을게. 네가 고관대작이 되고 박 대령이 대통령이 된다 해도 입 닥치고 살 거야. 어차피 나는 지금도 그렇게 살고 있어. 유림이만 무사히 놔주면 돼."

홍기수가 화신을 죽일 듯이 노려보았다.

"그런 말도 안 되는 협박질이 나한테 통할 것 같아? 박 대령님이 너 같은 정신 나간 여자 말을 새똥만큼이나 들어먹을 줄 알아? 허튼수작 말고 당장 꺼져!"

홍기수는 화신을 사정없이 내동댕이쳤다. 나동그라진 화신을 한 번 더 걷어차고 홍기수는 빠른 걸음으로 걷기 시작했다. 미처 일어나지 못하는 화신을 누군가 일으켜 주었다. 눈이 작은 남자였다.

"저기, 찾고 계시는 그 애, 새벽에 나갔어요. 갈 만한 곳 아시면 찾아보세요."

28장

추격

홍기수는 비칠비칠 걸어 집으로 갔다. 비가 오려는지 주변이
캄캄해지고 있었다. 머리가 아팠다. 머릿속이 아니라 두피가 따
끔따끔 아팠다. 빨리 손을 써야 할 것이다. 류화신이 미친년처럼
날뛰며 눈을 뒤룩거리는 걸로 봐서는 불도저라도 몰고 들어올 태
세였다. 유림을 다른 데로 보내야 하나? 하지만 어디로? 또 숨어
야 하나? 하지만 왜? 류화신은 어쩌면 약속을 지킬지도 모른다.
아니다, 지키지 않을지도 모른다. 귀찮았다. 모든 것이 너무 귀찮
아졌다. 자신이 뭘 잘못했다는 건지 알 수 없었다. 아버지를 죽
인 건 사실, 죽이려 한 것도 아니었지만 어쨌든 죽일 만해서였다.
죽여 마땅한 인간이었다. 유림을 때린 건 때릴 만해서였다. 어쨌
든 버리지 않고 키우지 않았는가. 홍기수는 인생이 자신에게 왜

이러는지 이해가 되지 않았다. 버리고 싶은 것들은 지긋지긋하게 달라붙고 붙잡고 싶은 것들은 언제나 도망을 갔다.

박 대령이 자신을 마땅찮아한다는 건 진작 눈치채고 있었다. 사무실에서 다 같이 모여 회의를 할 때도 박 대령은 자신과 눈을 마주치려 하지 않았다. 홍기수는 자신이 갖고 있는 엄청난 패를 생각하며 어깨를 펴려고 애를 썼지만 점점 주눅이 들었다. 이 기회를 놓치면 영영 끝장이라는 생각에 새벽이고 한밤중이고 발이 닳도록 돌아다녀도 부족한 것만 같았다. 오늘도 새벽 시장에 나가 달가워하지도 않는 사람들 뒤에 서서 연신 고개를 숙이고 팸플릿을 나눠 줬던 것이다.

집에 오니 방이 텅 비어 있었다. 벌써 류화신이 손을 썼나? 하지만 류화신은 분명히 아무것도 모르는 눈치였다. 어제 같이 밤을 새운 사무실 사람이 떠올랐다. 처음부터 거슬리던 사람이었다. 말끝마다 홍기수를 무시했고 자신이 박 대령과 막역하다는 걸 과시하던 사람이었다. 자꾸 유림의 방을 흘끔거릴 때, 휴대폰을 놓고 나왔다고 했을 때, 눈치를 챘어야 했다.

홍기수는 전화기를 들었다. 그 사람은 전화를 받지 않았다. 사무실로 전화를 해 보았다. 한참 전화벨이 울린 끝에 직원이 전화를 받았다.

"혹시 ○○○ 씨 있습니까?"

"아니요. 지금 유세 활동 지원 나가셨어요."

"알겠습니다."

홍기수는 전화를 끊으려 했다. 그 순간 사무실 직원이 급하게 말을 이었다.

"저기 홍기수 씨, 곤란한 말씀 드려야 할 것 같은데요."

홍기수는 입이 바짝 타서 마른침을 삼켰다.

"말씀하세요. 뭡니까?"

"당분간 사무실 나오지 마시고 기다려 달라고 하시네요."

"기다려요? 언제까지요?"

"글쎄, 그것까지는 저도 모르구요."

홍기수는 소리를 질렀다.

"너도 한패냐?"

"네?"

"너도 한패냐고. 말해! 말하라고!"

사무실 직원은 덜커덕 전화를 끊었다.

"말해! 누가 시켰어? 어디까지 한패냐고!"

홍기수는 끊긴 전화에 대고 계속 소리를 질렀다. 실망과 분노가 발가락 끝에서부터 차오르기 시작했다. 누구를 향한 것인지 분간이 되지 않았다. 박 대령인지, 문을 열어 준 그 사람인지, 류화신인지.

하지만 이내 깨달았다. 자신의 온몸을 채운 실망과 분노의 8할이 유림을 향한 것임을. 문이 열린다고 일말의 망설임도 없이 집을 떠나 버리다니, 자신의 인생 전체를 시궁창에 처박아 놓고 콧노래를 부르며 나가 버리다니. 그토록 알아듣게 타일렀는데. 한 번 더 나가면 끝이라고. 그 끝이 무엇을 의미하는지 유림은 분명히 알아들은 눈치였다. 죽어도 좋다는 건가? 마지막으로 설득을 해야 하나? 빌어야 하나? 한번 시작한 매질은 멈출 수 없다. 약해질 수도 없다. 회초리를 때려서 말을 안 들으면 몽둥이로, 몽둥이가 안 먹히면 쇠막대를 들어야 한다. 폭력은 후진을 하지 않는다. 더 세게, 더 아프게, 더 무섭게밖에 없었다. 그 끝에 뭐가 있을 것인가. 결국 때리는 사람과 맞는 사람 둘 중에 하나가 죽는 수밖에 없는 거 아닌가. 아버지 생각이 났다. 생전 처음 맛보는 무력감이었다.

어쨌든 홍기수는 P시를 향해 갔다. 택시를 잡았다. 주머니 안에는 5000원도 없었다. P시까지 5만 원은 나올 것이다. 홍기수는 이 상황이 너무 어이없어서 웃음이 나왔다. 이런 상황에 택시비가 없다니. 나이 40이 넘어서 지갑에 5만 원도 없다. 더욱이 도망간 딸년을 잡으러 가는 판에. 뒷좌석 등받이에 몸을 기댔다. 참을 수 없는 피곤함이 몰려왔다.

이제는 사람 기척도 거의 없는 마리산 산기슭까지 택시 한 대가 올라왔다. 택시비를 달라고 소리치던 늙은 기사가 승객에게 얻어맞더니 운전석에서 고개를 푹 수그렸다. 홍기수는 택시에서

내려 산 189번지를 향했다. 막상 도착하고 나니 하나도 급할 것
이 없다는 생각이 들었다. 유림이 갈 줄 아는 곳이 세상에 어디
있겠는가.

방문을 열었다. 분명히 철거 직전이라 폐허가 되어 있을 거라
고 생각한 그 방은 멀쩡했다. 마치 신혼부부가 사는 집처럼 천박
하게 꾸며진 그 방을 보자 홍기수는 구역질이 났다. 옷걸이에 남
자 옷이 걸려 있었다. 그놈이 맨날 입고 다니던 옷 색깔과 비슷했
다. 무기력해졌던 마음에 불길이 다시 붙었다. 홍기수는 자신의
집 문을 두드릴 때부터 그놈이 맘에 들지 않았다. 생각해 보면 시
작은 류화신이 아니고 그놈이었다. 그놈이 깜찍한 거짓말로 자신
을 속여 류화신에게 가게 만들고 그사이 유림을 빼돌렸다. 유림
은 그놈에게 반했는지도 모른다. 그 반푼이 같은 년이 그렇게 용
감해진 데는 분명히 그놈의 꼬드김이 있었을 것이다.

"여기가 어디라고 이 더러운 새끼가!"

욕지거리가 튀어나왔다. 일단 그 자식부터 거꾸로 매달아 놓
고 끝장을 내야 하나? 홍기수는 집 뒤편으로 돌아갔다. 한편에
세워 두었던 삽을 들었다. 예전에 새끼 멧돼지들 손볼 때 쓴 그
삽이었다.

29장

하지 못한
대답

주호는 어제 늦도록 산바와 있다가 유림의 집에서 잠이 들었다.
전화가 시끄럽게 울리고 있었다. 정신이 번쩍 났다. 화신이었다.

"주호야, 유림이가 도망쳤어. 자세한 이야기는 못 해. 서원이든
유림이 집이든 올 만한 곳에 가서 기다렸다가 데리고 아무 데로
나 피해. 홍기수가 쫓아가고 있을 거야. 너도 조심하고. 경찰한테
도 연락은 했어."

주호는 총알처럼 튀어 일어났다. 잠결에도 화신의 말을 또렷하
게 알아들을 수 있었다. 재빨리 방문을 열어 주위를 살폈다. 아
무 기척도 없었다. 집 주위를 살피고 골목을 뛰어 내려갔다. 어디
로 가 봐야 하나. 유림이 늘 다니는 길을 따라 전철역까지 가 보
았다. 막 나오는 사람들 사이에 유림은 보이지 않았다.

주호는 서원으로 향했다. 서원에도 유림은 없었다. 다시 마리산 쪽으로 향했다.

'산바, 산바를 찾자.'

줄 풀린 강아지처럼 이리저리 뛰기만 할 뿐 아무것도 하지 못하는 자신의 모습이 주호는 한심했다. 아무도 없는 약수터를 지나 유림이 자주 가는 숲 속 빈터를 향해 달렸다. 미친 듯이 뛰었다. 입에서 단내가 났다. 더운 김이 온몸에서 뿜어져 나오는 것 같았다. 어제 산바랑 함께 이야기를 나누던 나무 가까이 왔을 때 주호는 우뚝 멈춰 섰다.

"유림아."

유림이 나무에 기대어 죽은 사람처럼 앉아 있었다. 귀신처럼 산발한 머리와 더러워진 맨발. 표정 없는 눈이 주호를 쳐다봤다. 주호는 유림의 손을 잡았다.

"가자."

주호가 유림을 끌어 일으켰다. 유림이 손을 빼고 고개를 저었다.

"지금 그 사람이 오고 있대. 얼른 피해야 돼."

유림이 다시 고개를 저었다.

"아니, 혼자 있을 거야."

"안 된다니까!"

"아빠가 다 끝이라고 했어. 그래서 안 오려고 했는데."

주호는 아무 말 없이 유림의 손목을 잡고 뛰기 시작했다. 지난

한 달이 얼마나 길었는지 모른다. 그날 밤, 유림의 손을 놓고 돌아선 후 날마다 그 장면을 곱씹었다. 왜 그때 그렇게 말도 안 되는 이야기를 했던가. 그냥 나도 너랑 있을 때가 좋다고, 누군가를 보살피고 돕는 것은 좋은 일이라고 말하지 못했던가. 쓸데없는 새끼 오리 이야기 대신 사람의 마음을 이야기하지 못했던가. 사람의 마음을 움직이는 데는 순서가 중요하지 않다는 것을 유림이 사라져 버린 후에야 깨달았다. 주호는 미친 듯이 달렸다. 온통 공사장이 되어 버린 산 아래쪽은 따로 길이 있지 않았다. 주호는 붉은 황토가 드러난 어지러운 산 아래쪽으로 방향을 틀었다. 동네 쪽은 위험할 테지만 집 몇 채만 벗어나면 경찰 지구대가 있었다.

'빈집이 있으면 숨기도 좋겠지. 일단 거기로 들어가자.'

멀리 택시 한 대가 멈춰 있는 것이 보였다. 철거 중인 이 동네까지는 택시가 올라오지 않을 텐데. 주호는 멈칫했다. 그 순간 유림이 주호를 세차게 잡아끌었다.

30장

옳지 않은
결말

산바는 달렸다.

'오늘이 기다렸던 그날인가. 어젯밤 그렇게 속이 시원했던 것이
다 오늘 때문이었나.'

몸이 너무 가벼웠다. 바람처럼 숲 속을 달렸다. 온몸의 털이 꼿
꼿했다. 미친 듯이 웃음이 터져 나왔다. 그놈이 왔다. 그놈이. 나
무들이 길을 비켰다. 온 숲이 산바의 거침없는 달리기를 응원했
다. 달려, 달려. 저쪽이야. 밤새 나무 위에 내려 쌓인 은빛 비늘
같은 봄눈이 하늘하늘 떨어져 내렸다.

어젯밤 녀석의 이야기를 오래도록 들었다. 녀석은 유림의 이야
기를 했고, 어릴 때 이야기를 했고, 오래전 돌아가셨다는 할머니
이야기를 했다. 녀석이 그렇게 말을 많이 하는 걸 산바는 처음 보

왔다. 별 이야기를 했고 지구 이야기를 했고 마리산 이야기를 했다. 녀석은 새벽이 다 되어 유림네 집에 잠을 자러 들어갔다. 역시 사람은 지붕이 막힌 곳에서 잠을 자야 하는 동물이었다.

산바는 녀석의 오래된 이야기를 그저 듣기만 했는데도 이상하게 가슴이 시원했다. 시원해진 가슴을 안고 오랜만에 깊은 잠을 잤다. 그리고 피 냄새에 잠을 깼다. 봄 냄새가 가득한 이 산에 피 냄새가 넘실대고 있었다. 누군가 또 덫에 걸렸나. 산바는 생각했다. 어젯밤 오랜만에 배불리 먹었고, 오래도록 이야기를 들었고, 꿈도 없는 깊은 잠을 자서인지 몸이 가볍고 코가 예민해졌다. 피 냄새에는 잊을 수 없는 역겨운 냄새가 섞여 있었다. 달콤한 듯하지만 달콤하지 않은 냄새. 새끼들이 흘린 피와 살 냄새 속에 섞여 있던 그 냄새. 냄새를 따라 산 능선을 내려왔다.

남자는 삽을 들고 서 있었다. 두 아이가 남자 앞에 고꾸라져 있었다. 얕게 쌓인 흰 눈 위로 점점이 흩뿌려진 피가 보였다. 이미 죽어 버렸을까? 남자는 뭐라고 고함을 지르고 있었다. 아직은 죽지 않은 모양이다. 산바는 몸속 깊은 곳에서 소리를 끌어내었다.

"우르릉— 워어어—!"

울음소리가 산을 채웠다. 온 산이 부르르 떨렸다. 구름이 몰려왔는지 그늘이 짙어졌다.

은빛 털을 휘날리며 앞에 선 덩치 큰 짐승이 무엇인지 남자는 얼른 알아채지 못하는 듯했다. 공포와 의문으로 동공이 커지다 얼마 지나지 않아 흔들림을 멈추었다.

"이건 도대체 뭐야?"

남자가 산바를 보았다.

"멧돼지?"

한참 산바를 보던 남자가 어이없다는 듯 실소를 했다. 산바는 천천히 남자를 향해 다가갔다. 남자가 삽을 고쳐 쥐었다.

'저것, 저것이었군.'

저 붉고 날카롭고 투박하게 생긴 저것이 가죽을 파고들고 살점을 도려낸 것이다.

"야, 돼지 새끼야. 여기 너 끼어들 데 아니야."

남자가 삽을 가볍게 휙 휘둘렀다. 그리고 옆에 있던 커다란 돌멩이를 산바를 향해 집어 던졌다. 무릎을 꿇은 채로 고꾸라져 있던 유림이 고개를 번쩍 들었다.

"일이 꼬이려니 이제 짐승 새끼까지 끼어드네. 야, 가라고."

남자가 더 큰 돌멩이를 집어 던지려고 했다. 유림이 벌떡 일어서더니 돌멩이를 뺏어 들었다. 얼굴이 피범벅이었다. 남자가 유림을 쳐다봤다.

"뭐 해, 홍유림. 이리 안 줘?"

유림이 고개를 저었다.

"아빠, 이제 그만해. 그냥 나만 죽여."

남자가 유림을 걷어차고 산바를 향해 삽을 들었다. 그와 동시에 유림이 돌을 집어 드는 것을 산바는 보았다. 우물같이 깊은 눈이 자신을 바라보고 있었다. 지쳐 버린 눈이었다. 후회와 미안함이 가득한 눈. 삽이 산바에게 날아드는 순간 유림이 자신의 머리 위로 돌을 높이 치켜들었다. 산바는 유림을 향해 몸을 날렸다. 유림의 손에 있던 돌이 날아갔다. 등줄기에 날카로운 통증이 느껴졌다.

"너 때문이 아니야."

산바가 주저앉은 유림에게 말했다.

"아니, 다 나 때문이야. 얼른 가. 더는 안 돼."

"너 때문이 아니라니까."

남자는 산바를 내리찍은 삽을 다시 들어 올렸다. 산바가 으르렁거렸다. 유림이 산바 앞을 막아섰다.

"아빠, 나를 죽여. 제발 나만 죽여. 나는 계속 도망갈 거야. 아빠가 세상 끝까지 쫓아와도 나는 도망갈 거야. 죽어서도 도망갈 거야."

유림은 다시 돌을 집어 자신의 머리를 닥치는 대로 내리찍었다. 유림이 남자 앞에 고꾸라졌다. 남자가 유림의 머리를 발로 걷어찼다. 얼굴이 광기로 번뜩였다.

"그래, 소원이라면 죽어."

삽날이 유림의 머리 위에서 번뜩였다. 유림은 눈을 감았다.

일순간에 산이 고요해졌다. 모든 것이 너무 오래 걸렸다고 산바는 생각했다. 어찌할 바를 모르고 종종대며 도망쳤을 어린 새끼들이 생각났다. 산바는 그 여름 한낮에 다시 서 있는 것 같았다. 끝이다. 끝이 있어서 다행이다. 이제 새봄을 준비해야 하기에 바쁜 나무들은 그저 세상의 일을 묵묵히 바라보았다. 숲 위의 두터운 구름이 겨울 마지막 눈을 조금씩 흩뿌리고 있었다.

'너처럼 살았다고, 다 너같이 되진 않아.'

홍기수는 류화신의 말이 생각났다.

화신을 볼 때마다 왜 그렇게 불편했던가. 자신과 같은 또래의 그 여자아이 앞에서는 말이 꼬이고 연설을 늘어놓기가 창피했다. 그 여자애를 보는 게 쪽팔렸다. 그게 싫어서 더 세게 때리고 기합을 주고 무시했다. 아무리 밟아도 그 여자애는 기죽지 않았다. 경멸의 눈빛으로 자신을 바라봤다. 서원을 드나들기 시작한 뒤 유림은 어느새 그해의 화신을 닮아 가고 있었다. 그런 딸이 싫고 무서웠다. 이 세상에 유일하게 자신의 손아귀에 있는 단 한 사람이었는데. 무섭고 불안했다.

'이제 그만해. 그냥 나를 죽여. 아빠 딸로 태어난 게 싫어. 그냥 나를 죽여 줘.'

유림이 했던 그 말은 열일곱 살 때 홍기수가 아버지를 찌르며 했던 말과 비슷했다. 그때 홍기수는 아버지에게 죽어 달라고 말했었다. 죽어 달라고, 아버지 아들로 태어난 내 인생이 싫다고,

제발 이제 아버지가 그만 죽어 달라고 애원했었다. 뭐가 어디서부터 잘못됐는지 생각해 보려 해도 이제는 늦었을 것이다. 홍기수는 분노가 아닌 슬픔을 느꼈다.

　어제 오전 9시쯤 P시 재개발 지역 인근 야산에서 마흔세 살 홍모 씨가 멧돼지의 습격을 받아 신음하는 것을 시민 류 모 씨와 경찰이 발견했습니다. 현재 홍 모 씨는 병원으로 옮겨졌으나 생명이 위독한 상태입니다. 경찰은 멧돼지를 그 자리에서 사살하고 현장에 있었던 홍 모 양과 백 모 군을 상대로 사건의 진상을 조사할 예정입니다.

31장

봄의 서원

화신은 오랫동안 닫혀 있던 서원 문을 열고 대청소를 했다. 몇 시간 있으면 서울 청소년센터에 심부름 갔던 유림이 돌아올 시간이었다. 구석에 쌓여 있던 책 박스를 풀었다. 여기저기서 기증받은 책들을 이제야 정리하는 것이다.

"봄단장하기 전에 여름 되게 생겼네."

박스에 있는 책을 꺼내 책꽂이에 꽂았다.

'화분을 좀 더 들여놓고 커튼도 더 화사한 색깔로 바꾸고 새 메뉴도 개발해야겠어.'

화신은 서원을 둘러보며 이런저런 궁리를 했다. 책을 정리하다 보면 이 생각 저 생각을 하게 되어서 시간이 한없이 늘어졌다. 프랑스, 스페인, 독일…… 각 나라 작가별로 차근차근 정리했다.

책을 털거나 한바탕 넘겨서 무언가 꽂혀 있는지 보기도 하고 접혀 있는 책장을 펴기도 했다. 독일 칸에는 철학책이 많다. 책도 두껍다. 한 권, 두 권, 그렇게 책을 꽂아 가던 화신의 손이 어느 얇은 책 앞에서 툭 멈췄다.

화신의 손가락이 천천히 책 표지의 글자를 따라갔다.

"아무도 미워하지 않는 자의 죽음…… 아무도 사랑하지 않은 자의 죽음."

화신은 책꽂이 앞에 주저앉아 조심스럽게 책을 펼쳤다. 아무 일이 없었다면 이미 열여덟에 읽었어야 할 책. 설레는 마음으로 친구의 책상 서랍에서 그 책을 꺼내어 가방에 넣던 봄날의 오후가 뚜렷이 떠올랐다. 아무도 없던 조용한 교실과 운동장에서 화신이 나오기를 기다리고 서 있던 젊은 아버지. 가방을 낚아채던 거친 손과, 아스팔트에 쏟아지며 아무렇게나 펼쳐지던 책. 불온한 책. 불온해서 아직까지 펼치지 못한 책. 화신은 잠시 눈을 감았다.

해가 뜨고 지는 지평선이 세상의 끝이 아니라는 것을 알게 되기 전까지는 우리에게 이 도시는 작은 곳이 아니었습니다. 여전히 넓고 찬란한 곳으로 여겨졌지요.

(…)

무언가 다른 사정이 있었습니다. 노래를 불러서는 안 된다고 지도

원이 한스에게 말했던 것입니다. 한스가 그 말을 웃어넘기려 하자, 지도원은 한 번만 더 노래를 부르면 엄벌을 받게 될 것이라고 엄포를 놓았습니다.

한스는 도무지 이해할 수 없었습니다. 도대체 왜 아름다운 멜로디가 넘실거리는 노래를 불러서는 안 된다는 겁니까?

그랬다. 이 책은 정말 불온한 책이었다. 이 책은 이유를 물어보는 책이었다. 왜 노래를 못 부르게 하냐고 노래를 못 부르게 하는 사람에게 물어보는 책, 도대체 왜 노래를 불러선 안 되느냐고 묻는 책이었다. 이 책을 가지고 있었기에 화신과 아버지는 끌려갔다. 그때 화신과 아버지는 질문을 하면 안 되는 사람들이었다.

유림이 서원 문을 열고 들어왔다.

"선생님, 벌써 정리하세요? 같이 하자니까."

유림이 달려와서 화신의 어깨를 붙잡았다. 화신이 미소 지었다. 그리고 유림에게 들고 있던 책을 내밀었다.

"아무도 미워하지 않는 자의 죽음?"

유림이 제목을 소리 내어 읽었다. 그리고 사려 깊은 눈으로 화신을 살폈다.

"무슨 일 있으세요?"

화신이 유림의 손을 잡았다.

"무슨 일은. 아무 일도 없어."

화신이 활짝 웃었다.

"죄송해요. 친구 얘기 듣느라 늦어졌어요. 힘든 일 있다고 자꾸 안 놔줘서."

화신이 유림의 머리를 쓰다듬었다.

"괜찮아. 내일부터 일이 많아질 것 같아서 미리 하는 거야. 주호 녀석이라도 있으면 좋을 텐데 통 돌아올 생각을 안 하니."

유림이 웃음을 지었다.

"내일부터는 또 무슨 일로 바쁘신데요?"

"물어봐야 되거든. 벌써 오래전에 물어보고 대답을 들었어야 했는데 안 물어본 일이 있어서."

"물어봐요?"

"글쎄, 나한테 물어보는 사람한테 제대로 대답을 해야 한다고 해야 하나."

유림이 반달눈을 뜨며 웃었다. 이 아이가 이렇게 많이 웃는 아이인지, 또 이렇게 잘 우는 아이인지 화신은 전에 몰랐다. 울지도 웃지도 않고 말이 없던 그 아이가 화신을 살게 하고 있었다. 유림은 이해하지 못할 것이다. 자신이 화신을 살게 한다는 걸. 화신은 유림을 살게 해서 살 수 있었다.

그날, 그 산. 모두가 죽고 모든 것이 끝나 버렸다고 생각한 그 산의 아침. 화신은 자신의 삶도 그곳에서 끝나야 한다고 생각했다.

하지만 여전히 화신은 살아 있었다. 그리고 깨달았다. 그날 멈춘 질문을 계속해야 한다는 걸. 질문을 멈추고 제대로 대답하지 않으면 모두가 죽게 된다는 것을.

"그러고 보니 아직 서원 간판도 안 바꿨네. 벌써 6월이 돼 가는데."

"간판을 바꾼다고요? 왜요?"

"몰랐구나. 이 서원 간판은 계절마다 바꿀 수 있어. 봐 봐. 여기 앞부분 글자판만 들어내서 요렇게 끼우면 돼, 요렇게."

봄의 서원

나무 간판의 까만 글자가 거짓말처럼 바뀌었다. 글씨 아래 풋풋한 새싹 무늬도 있었다.

"예쁘지. 이거 주호도 모른다. 그 자식 여행 갔다 오면 여름의 서원으로 바뀌어 있을 거야. 딴 데인 줄 알고 지나치면 어떡하지?"

화신이 웃었다.

"주호 오빠는 아마 간판 같은 거 안 보고 바로 들어올걸요."

유림도 웃으며 대답했다.

"맞아. 그렇겠네. 너 나보다 주호를 더 잘 아는구나."

동물원에서
보 낸

엽 서

　동물원에 왔어. 먼지가 뿌연 봄 햇살 속에 코끼리가 서 있었어.
어디서 와서 무슨 생각을 하고 있다가 어디로 가는 걸까. 코끼리
의 목소리를 들어 보려고 애를 썼지만 코끼리는 과묵한 동물인가
봐. 말을 하지 않아. 반나절 내내 코끼리 앞에 앉아 있는 중이야.
　수다스러웠던 산바를 생각해. 왜 자꾸 그 녀석이 수다스럽다고
기억되는지 모르겠어. 사실 산바 앞에서 수다스러웠던 건 나였는
데 말이야. 말을 건네는 법을 몰랐던 너와 나를 산바는 수다스럽
게 만들었지. 네가 다시 집으로 돌아오기 전날 밤이 기억나. 그날
내 안에 있던 모든 이야기란 이야기를 산바한테 쏟아부었어. 태
어나서 그렇게 많은 이야기를 해 본 건 처음이야. 누구에게도, 화
신 선생님에게도, 너에게도 하지 않았던 모든 이야기들. 네 질문

에 대답하지 못했던 비겁한 나에 대해서까지도 나는 그날 다 이야기했어. 산바는 이야기를 안고 떠났어. 아마 멧돼지별로 갔겠지. 나랑 너 때문에 산바는 지금도 속이 시끄러울 거야.

나는 지금 낯선 도시의 코끼리 앞에서 먼 곳에 있는 너한테 엽서를 쓰지만, 언젠가 네 앞에서 이런 이야기들을 아무렇지도 않게 할 수 있을 거라 믿어. 산바한테 고마워. 너한테도 고맙고. 화신 선생님한테도 고맙다고 전해 줘. 그리고…… 미안해.

주호는 코끼리를 바라보았다. 코끼리의 피부는 낡아 있었다. 먼 세계로 통하는 통로처럼 보이는 작은 눈이 주호를 관통하여 어딘가를 바라보고 있었다. 어느 정도의 세월을 견디면 저런 모습을 할 수 있을까.

눈을 감으면 관자놀이에, 명치에 그날 그 주먹이 느껴졌다. 주먹에 휘청거리면서 주호는 생각했다. 등줄기를 훑고 가던 서늘한 공포감과 거대한 구멍으로 추락하는 듯한 무서움. 그것은 누가 가르쳐 주지 않아도 알 수 있는 죽음에 대한 공포였다. 그 애는, 유림은 날마다 죽음을 겪고 살았던 것이다. 맞으면서도 가슴이 서렸다. 가슴이 저려서 빌었다.

'아저씨, 그만 때려요.'

홍기수에게 애원하던 자신의 목소리가 귓가에 울렸다. 홍기수가 한껏 비웃는 소리가 뒤따라왔다.

'뭐야? 순 애새끼였네.'

'아저씨, 그만 때려요.'

목소리는 그치지 않을 것처럼 귓가에 계속 울리고 있었다. 주호는 눈을 감았다.

오 래 된

꿈

꿈에 엄마가 나왔다. 엄마는 상을 차리고 있었다. 보글거리는 찌개와 말캉한 계란찜과 바삭하게 구운 조기가 상에 놓였다. 엄마가 숟가락을 쥐여 주며 오른쪽 얼굴에 속삭였다.

"화신아, 얼른 먹어. 식기 전에 얼른."

잠에서 깬 화신은 창문을 열었다.

"엄마는 아직도 밥하고 있어?"

화신은 하늘을 보며 나직하게 속삭였다.

아버지와 둘이 학교에 들어갔던 화신이 한쪽 청력을 잃은 채 혼자 돌아온 후 엄마는 아무것도 묻지 않았다. 무슨 일이 있었는지, 아버지가 어떻게 돌아가셨는지, 왜 못 듣는지 하나도 묻지 않았다. 엄마는 그저 부지런히 화신을 먹였다. 날이면 날마다 고기

반찬을 하고, 잡곡 하나 섞이지 않은 쌀밥을 지었다. 악착같이 채소를 팔고 시간을 내어 화신을 먹일 밥을 지었다. 그것이 엄마가할 수 있는 일의 전부라도 되는 듯이.

화신도 그랬다. 그저 악착같이 밥을 먹었다. 몸무게가 20킬로그램이나 불어날 정도로 먹고 또 먹었다. 먹고 텔레비전을 보고천장 무늬를 보며 어두운 가겟방에 누워 있었다. 끊임없이 혼잣말을 하고 또 했다. 엄마는 화신을 먹이고 화신의 혼잣말을 듣고 화신의 손을 잡아 주고 빵처럼 둥글게 부풀어 가는 화신의살찐 배를 쓰다듬었다. 열여덟, 열아홉, 스물……. 그 몇 년 동안 화신이 한 일은 그것이 다였다. 그동안 엄마와 동생들은 아버지의 죽음을, 더 지독해진 가난을, 그리고 화신을 견뎌 내고 있었을 것이다.

화신은 누구와도 친구가 되지 못했다. 얼굴을 똑바로 쳐다보는일도, 마음을 이야기하는 일도 할 수 없었다. 하지만 아이들을만나면 신기하게 마음이 편했다. 바쁜 직장 일을 하는 틈틈이 센터에 나간 건 봉사 정신이 투철해서가 아니라 살기 위해서였다. 아이들은 그저 열심히 들어만 줘도 마음을 열었고 얘기하지 않는 것을 크게 궁금해하지 않았다. 그렇게 마흔이 지나고 P시에서원을 열었을 때, 화신은 진심으로 행복하다고 생각했다. 이렇게 사는 거라고, 이제 모든 것이 제대로 자리 잡았다고, 죽을 때까지 여기서 이렇게 살면 된다고.

화신은 엄마를 흉내 내고 있었다. 밥을 차려 주고 화신을 쓰다
듬어 주던 엄마처럼 화신도 아이들에게 그렇게 해 주고 싶었다.

화신은 다섯 살 유림의 모습을 상상해 보았다.

"그때 너를 만났으면 어땠을까. 아직 홍기수가 너를 때리기 전
에."

일곱 살 주호의 모습도 떠올렸다.

"네가 버림받기 전에 너를 만났더라면."

아직은 쌀쌀한 새벽 공기 속으로 화신의 목소리가 퍼져 나갔다.

"너희들은 어땠을까. 너희들은 지금 어떤 열여섯, 열아홉이 되
었을까."

화신은 동이 트기 전 검고 파란 하늘을 바라보았다.

"나는 어떤 마흔세 살이 되었을까. 그때 거기에 없었더라면."

화신은 깊은 한숨을 쉬었다.

"그리고…… 너는 어떤 마흔세 살이 되었을까."

화신은 한참 하늘을 바라보다가 일어섰다.

"그래도 너희는 살 거야. 살아야 하고."

마지막,

봄 의
노 래

　여행을 떠난 후 주호에게서는 딱 한 번 엽서가 왔다. 유림은 엽서를 백 번은 넘게 읽었다. 할 수 있다면 그 코끼리 앞에 주호와 같이 앉아 있고 싶었다. 하지만 세상에는 기다려야 하는 게 있다. 창밖에는 마리산이 보였다. 흔적도 없어진 숲들. 파헤쳐진 약수터. 언제 그런 산이 있었는지 알 수가 없이 온통 깎이고 파헤쳐졌다. 그때 그 산 아래 있던 사람들이 모두 어디를 갔는지 유림은 모른다. 누군가는 여행을 떠나고 누군가는 질문을 하고 누군가는 이야기를 시작했다.

　수많은 크레인들 위로 여전히 달이 뜨고 별이 떴다. 그중에 분명히 주호가 말한 멧돼지별도 있을 것이다. 유림은 그 산의 산신령을 생각한다. 마리산이 저렇게 된 것은 산신령이 떠났기 때문이다. 산신령은 모든 나쁜 기억과 나쁜 꿈과 슬픈 이야기들을 안고 떠나가 버렸다. 찢기고 구멍이 난 채 너덜너덜해져서 말이다. 그날 유림은 산바의 진짜 울음소리를 들었다. 그 울음소리를 생각하면 "너 때문이 아니"라던 산바의 말이 이해가 되었다. 그럼 마음이 조금 편해진다. "나 때문이 아니다."라고, 고작 나로 인해 그런 슬픈 일들이 일어난 건 아니라고 애써 위안할 수 있다.

주호는 산신령이 자신의 별로 돌아갔을 거라고 이야기했다. 그렇지 않을 리가 없다고, 산신령은 누가 죽이는 것이 아니라 스스로 돌아갈 뿐이라고. 유일하게 끝까지 읽은 책인 『어린 왕자』를 이야기하며 그렇게 말했다. 유림도 그런 생각이 들었다. 어쩌면 산바는 진작 자기 별로 돌아가 놓고 자신과 주호 앞에 나타났던 건지도 모른다. 이야기를 들어 줄 사람이 없는 우리가 불쌍해서, 도와주고 싶어서 말이다.

저기 아파트가 생기고 사람들이 살기 시작할 때엔 아무도 기억하지 못할 것이다. 저곳에 산이 있었고 누군가가 살았고 이야기를 들어 주던 멧돼지가 있었다는 사실을. 유림은 어른이 될 것이고, 어쩌면 그런 것들이 그다지 서운하지 않을지도 모른다. 그리고 아직은 차마 떠올리지 못하는 한 사람을 더 편안하게 생각할 수 있을지도 모른다.

"저녁 먹자."

화신이 냉잇국이랑 계란말이랑 잘 구워진 김을 탁자에 놓는다. 유림은 냉장고에 있는 김치를 꺼내 접시에 가지런히 놓는다. 둘은 마주 보고 앉아 밥을 먹는다. 냉이 된장국은 향긋하다. 김에 밥을 말아서 입에 넣고 된장국을 먹고, 또 계란말이를 먹는다. 밥을 먹으면서 이야기를 한다. 유림이 설거지를 하는 동안 화신은 차를 끓인다.

창을 연다. 봄밤의 향기가 가득 밀려 들어온다. 화신은 제목도 알 수 없는 노래를 부른다. 화신의 노래는 이제는 사라진 마리산 너머로 퍼져 나간다. 아무도 무어라 하지 않는 이 작은 서원에서 화신은 노래를 부르고, 유림은 그 노래를 따라서 콧노래를 흥얼거린다.

아름다운 멜로디가 넘실대는 이 노래를 부르지 않을 이유가 없기에.

봄이 되면 동물원에 가서 코끼리를 본다. 동물원에 갇혀 있기에는 너무 커다랗고 우울해 보이는 코끼리는 먼지바람 속에 알 수 없는 얼굴로 서 있다. 동물과 눈을 마주하고 있으면 아주 먼 세계를 엿보는 것 같아 기분이 이상하다. 잠시 여기에 와 머물고 있지만 결코 이곳에만 있지는 않은 외계인을 만난 기분이 들기도 한다.

이 이야기는 내가 사는 도시의 전철역에 멧돼지가 나타났다는 짧은 뉴스에서 시작되었다. 그 후 이 책을 쓰는 동안 세상에서 들려온 소식 중 어느 하나 마음 편히 볼 수 있는 것이 없었다. 모든 뉴스가 이상하고 믿을 수 없게 비참했다. 그런 뉴스를 보면 믿고 싶지 않다. 이게 끝이라고 생각하고 싶지 않다. 시간을 되돌려서라도, 다른 세계의 존재를 끌어들여서라도 뭔가 다른 결말을 내 보고 싶었다. 이 책은 그런 무모하고 단순한 소망으로 엮어 낸 이야기다. 세상 대부분의 일들이 미처 손을 쓰기도 전에 압도적인 비극으로 끝나지만 끝없는 무력함과 싸워 가며 고통에 공명하는 일을 멈출 수는 없을 것이다.

서툰 소망이 이야기의 꼴을 갖추게 하려고 많은 고생을 했다. 이 책의 첫 독자이자 함께 이야기를 엮어 내느라 오래 애를 쓴 문학동네 여러분에게 깊은 고마움을 전한다.

그리고, 지금은 이 세상에 없을 전철역의 그 멧돼지에게도, 봄날의 코끼리에게도 인사를 보낸다. 부디 모두들, 어딘가에서 노래하고 있기를.

2016년 6월 오후 김선정

멧돼지가 살던 별

ⓒ 2016 김선정

1판 1쇄 2016년 6월 24일 | 1판 13쇄 2023년 3월 27일
글쓴이 김선정 | 책임편집 원선화 | 편집 서정민 엄희정 이복희
디자인 이지선 | 저작권 박지영 형소진 오서영
마케팅 정민호 이숙재 김도윤 한민아 이민경 안남영 김수현 왕지경 황승현 김혜원
브랜딩 함유지 함근아 박민재 김희숙 고보미 정승민
제작 강신은 김동욱 임현식 | 제작처 영신사
펴낸곳 (주)문학동네 | 펴낸이 김소영
출판등록 1993년 10월 22일 제2003-000045호
주소 10881 경기도 파주시 회동길 210
전자우편 kids@munhak.com | 홈페이지 www.munhak.com
카페 cafe.naver.com/mhdn | 북클럽 bookclubmunhak.com
트위터 @kidsmunhak | 인스타그램 @kidsmunhak
대표전화 (031)955-8888 팩스 (031)955-8855
문의전화 (031)955-3578(마케팅) (02)3144-3238(편집)

ISBN 978-89-546-4144-9   03810

잘못된 책은 구입하신 서점에서 교환해 드립니다. 기타 교환 문의: (031)955-2661, 3580

* 이 책 169쪽~170쪽에 삽입된 인용문은 도서출판 평단의 승인을 받았습니다.